一品仵作

陸

MY FIRST CLASS
CORONER

鳳今

目錄

第一章

討逐使節

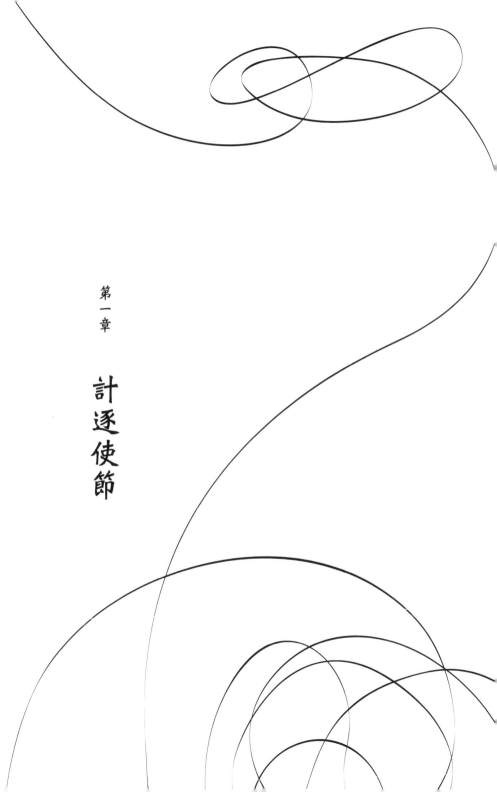

暮青一回府便直奔閣樓。「你立刻回替子那裡，方才元廣問我該搜何處，他定是懷疑我了，今夜必定派人來搜都督府。」

「妳覺得他們會藏進商鋪裡？」步惜歡將面具一摘，放在手裡把玩。

「榮記古董鋪裡不是有條直通外城的密道？」暮青問，那兩個隱衛要出內城不難，但步惜歡既然問了，想必他們不會走密道。

可不出城的話，能躲去何處？

暮青思忖著，目光忽然一變。「侯府？」

步惜歡讚道：「聰明！」

暮青無語，元廣再怎麼查也不會查到元修府上，京城裡的確不會有比鎮軍侯府更安全的地方了。

「你回去吧，待會兒搜城，外頭亂起來可就走不了了。」暮青本想問步惜歡跟元修說了什麼，但此時不宜談這些。

「那就不走。」

「那明日早朝如何是好？」

「明日不早朝。」步惜歡淡淡地笑了笑。「今夜替子在內務總管府有場戲要演，我就不去了。」

「戲？」暮青懂了，元廣懷疑她，自然也懷疑皇帝。他容不得皇帝的勢力安植到京城，因此除了都督府，內務總管府今夜也會被查，所謂的戲應該是一場叫人面紅耳赤的春宮戲。

「聽聞歷代皇帝都有替子和隱衛，你的大抵是最辛苦的。」暮青嘆道，這犧牲也忒大了。

「妳怎不說我辛苦？」步惜歡笑斥，這些年來，不是每回的戲都是替子演的，有時候險到只能他自己來，雖只是演戲，如今卻越發厭煩了。

步惜歡從瓜果盤子裡拿起只桔子慢悠悠地剝，暮青這才問：「你今夜跟元修說什麼了？」

「該說的都說了。」步惜歡嘗了一瓣，覺得不酸才遞到暮青嘴邊。

暮青驗屍後還沒洗手，也就張嘴吃了。

步惜歡大為滿足，又遞了一瓣過去。「我答應元修，昔年之怨不誅無辜婦孺。」

元家於他來說有殺母之仇，他於元家來說有奪位之礙，本是不死不休，卻偏偏出了個志慮忠純的元修。

自古忠孝難兩全，元修想忠君報國卻難以割捨親族，他便只能擱著招賢納士的念頭。他與元修之間原本非但不可能有君臣之義，但這不可能還是走上了可能的那一步，只因她要背負自責來化解今夜之險。

他怎能讓她割捨？因此他與元修達成了一個君臣協定，但元廣兄妹不在其列。

「江北外三軍，元家占了西北軍和沂東軍。盛京內二軍，元家占了龍武衛。沂東大將軍的嫡長子陳南娶了元家的庶長女為嫡妻，左龍武衛將軍賀濤也是元家的女婿，而右龍武衛將軍華延文是元修的舅舅。元、華、陳、賀四家是姻親，若不株連九族，日後必生禍端。我與元修約定，他的娘親、胞妹、元家未嫁之女及十歲以下男丁皆可赦免，但赦免之人一生不得出京。」

「那元修呢？」

「待天下大定，他想一生留在西北戍邊，我准了。」

「那他爹和姑母呢？」

「沒提。元修也明白，無解之仇，提了也無用。不株連滿門，且准他去戍邊是我能做出的最大讓步。」

「他有沒有提帶我一起去西北？」元修的心思，暮青相信步惜歡看得出來，因此她也不避著他。

「也沒提。」步惜歡淡淡地道，他和元修坦明了不少事，連刺月門都在其中，卻唯獨沒有提過她。

這或許是他們之間的默契——事事皆可談，唯獨她不可，無話可談，讓無可讓。

他只與元修說起今夜之局和她的決意，他們齊力做下了今夜之事。她把高氏叫去佛堂，他就猜到她能找到的盟友只有高氏，而高氏想解今夜之危，無非是在下人裡找個替死鬼。她是世上最聰慧的女子，也是最傻的女子，她也不想想，他登基一十九載，遇過的危難何止一樁？若無手段，如何能撐到今日？去牢裡換死囚來不及，但明事總可以做，他叫不開城門，元修可以，因此他自揭身分，與元修出城，帶著祥記的暗衛趕回來認罪化險。

「我不懂，你命隱衛經密道到外城，去祥記報信不也可以？審案時我自會命人去外城拿人，到時城門一樣會開，何需你自揭身分？」暮青想不通，步惜歡自揭身分，讓元修參與此事，除了打擊元黨，還有何用處？

今晚隱衛本可以認罪伏法，到了獄中找人替出來就好，可他們選擇了暴露，並且劫走了步惜塵。

「他們劫走步惜塵所為何事？」暮青問。

「妳說呢？」步惜歡將最後一瓣桔子遞進暮青嘴裡，這桔子他只嘗了一瓣，其餘全餵給她了。

暮青看著步惜歡眸中的笑意，心頓時提了起來。

莫非……

步惜歡道：「妳忘了毒閻羅是誰給步惜晟的了？妳爹死於此毒，我曾說過要與妳一同承擔，線索就在眼前，怎可不查？」

暮青嚼著桔子，只覺得酸的甜的，品不出是何滋味。

若元修不知情，隱衛劫持步惜塵後，他很可能會出手救人，因此步惜歡才與他攤牌談判，不惜暴露刺月門，不惜冒著親政後放過元黨的風險，為的竟是幫她查殺父真凶。

暮青望著步惜歡，一顆清冷的心終嘗歡喜疼痛。

「瞧什麼？」步惜歡笑了笑。「許妳如此待我，不許我如此待妳？」

「我沒為你做過什麼。」

「還不夠？這天下間有人願為我拋棄一生最珍視的東西，我如何能不滿足？」

她不會知道她與高氏離去時那背影給他的震動，他能想像得到，她在佛堂裡愧疚與堅忍交織、自責與決絕相爭時是怎樣的煎熬，這誅心之痛她肯為他嘗，他又有何不能捨的？

「青青，妳走錯了一步，錯在不該護著我。妳力排步惜晟通敵之嫌，已讓元廣懷疑妳是皇帝一黨。他之前覺得妳只認理不認人，尚能容得下妳，如今疑妳是皇帝一黨，將來必殺妳。」

暮青道：「那又如何？將來又非此時。」

元家想自立，水師是謀江南的重中之重，練兵難在初時，水師的五萬將士來自江南，不服京師那些養尊處優、不識水性的將領，適合都督一職的只有她。她與水師將士有同鄉之誼、戰友之義、搭救之恩，唯有她能讓將士們服氣。朝中一年後要舉行觀兵大典，卸磨殺驢也要在那之後。

暮青心中冷笑，說道：「你聽好，從今往後，誰也不能再置我於今夜這般境地，誰也不能再置你於今夜之險。今日之後，我會不懼朝堂詭祕，不懼人間險惡，與你並肩，看這四海大定那日。」

她未摘面具，仍是一張少年容顏，卻叫步惜歡失了神，只覺得那眼眸裡的光驚豔了歲月江山。

但這美好的一刻被一陣急匆匆的腳步聲打破，劉黑子前來稟道：「都督，龍武衛來了，說要搜府！」

步惜歡戴上面具，暮青道：「讓他們搜！」

夤夜春深，都督府內外火光通明，左龍武衛將軍賀濤親自帶人進了府。

暮青在花廳喝茶，石大海和劉黑子揮錘亮刀守在門口，楊氏提著劍護在暮青身側，月殺和韓其初守在暮青身後，崔遠護著崔靈、崔秀避在後頭——都督府裡的人都在花廳了。

龍武衛披甲挎刀而來，賀濤踏進花廳冷笑道：「都督夤夜品茶，好雅興。」

暮青道：「要搜便搜，搜完就滾！」

賀濤回身喝道：「搜！」

都督府只有三進，龍武衛執著火把湧入東廂、西廂、前院、後園、書房、閣樓，沒過多久，只聽一聲鬼叫：「娘哎！」

賀濤循聲而去，過了梨園，見有個兵跌坐在地，指著一間屋子，房門關著，新糊的油紙上映著一道無頭人影！

賀濤吸了口涼氣，一掌拍開了半扇門，屋裡一燈如豆，一具無頭的人骨架子擺在燈燭前，無頭人骨以細絲纏固在一處，左半截手臂黑黃僵腐，五指猶如厲鬼之爪。

這時，後園也傳來一聲驚叫，賀濤循聲趕去，見一隊龍武衛連滾帶爬地從閣樓裡逃了出來。

賀濤一腳踹開這些廢物，自己上了樓。只見衣櫃開著，裡頭赫然放著顆人頭，滿臉鐵絲，泥糊的血肉，幽森詭異。燭光幽暗，幾支畫燭襯得屋子彷彿是間靈堂。

這屋子賀濤一刻也不想多待，下了樓後故作鎮定，問道：「都搜過了？」

「回將軍，東廂搜過了，無可疑之處。」

「西廂也無可疑。」

「前後園子都未藏人。」

如此說來，只有閣樓和書房沒有細搜。閣樓的衣櫃開著，裡頭無人，書房裡也無藏人之處，除了……一只大木箱子。

賀濤回憶著書房的擺設，那只木箱放在地上，比官宦人家收放衣裳的箱子都大，武功高強之人縮骨藏於其中是有可能的。

「書房！」賀濤帶人趕回書房，命令道：「把裡面的箱子打開看看！」

龍武衛闖進書房抽刀劈鎖，箱子一開，便哐噹一聲闔上了！

「怎麼？」

「回將軍，裡面是死、死……」

死人骨頭！

賀濤猜了出來，臉色難看地道：「走！」

暮青在花廳裡把動靜聽得真切，那副人骨架子是勒丹大王子的，閣樓裡的那顆復原過面貌的頭顱是她特意放的。衣櫃裡藏著褻衣，她怕龍武衛亂翻，故而擺上鎮宅的。

見人回來，暮青淡淡地問：「搜完了？」

賀濤冷哼一聲，把手一揮，道了聲走，便率人離開了都督府。
暮青回了閣樓，在窗邊見火把漸漸遠去，朝著相府去了。
步惜歡來到衣櫃前，越過人頭在一堆衣裳裡翻出一條雪白的束胸帶，笑吟吟地問：「可要沐浴？」
暮青無語。「你讓我想起了一句詩，春宵苦短日高起，從此君王不早朝。」
「誰作的？甚合我意。」他倒是想睡到日上三竿，可這些年來就沒睡過一夜整覺，除了在她這兒。
「明日你不上朝，後日總要上朝吧？」暮青把衣物奪了過來。
「嗯？」步惜歡聽出這話裡別有深意，不由問道：「妳要上朝？所為何事？」
「元廣既然信不過我，案子我就不查了，我要出城練兵。」

這夜，龍武衛闔城大索，正搜得熱火朝天之時，祥記酒樓起了大火。盛京府和巡捕司趕到時火勢已大，直到天曚曚亮了才撲滅，鋪子塌了，莫說證據，連桌椅都燒成了灰。
傍晚，又傳來一個消息，暮青甚是意外。「呼延昊要回關外？」

步惜歡瞅著桌上的一堆奏報道：「嗯，算算時日，也差不多了。」

暮青一愣。「你早知此事？」

「關外出了事，他哪能不回？」

「何事？」

「暹蘭大帝的地宮裡出了事，神甲被盜。」步惜歡笑著抬眼。

暮青愣是怔了半晌才問：「……你做的？」

步惜歡道：「應該說，這仰賴娘子聰慧無雙，若非娘子破了地宮機關，就算再過千年，怕也無人能得見神甲之貌。」

暮青問：「地宮前殿被毀，後殿上頭的河水冰封著，聽聞呼延昊在河水冰封前率人下過一回地宮，卻不慎在殿門下挖出了毒蟲，死傷慘重。圓殿裡應該被暗河水灌滿了，神甲怎能運得出來？」

「解藥是巫瑾研製的，破冰有神兵，入水憑內力。」步惜歡輕描淡寫地道：「呼延昊來京夠久了，也該回去了。這些日子，他背地裡沒少蠱惑五胡部族索要巨額議和條件，他不會不知大興的國庫負擔不了，拖延議和必有所謀。朝中夠亂了，再亂些於我未必有害，但他既然纏著不該纏的人，我自有法子讓他回去。」

呼延昊有一統草原的野心，神甲被盜，一旦落入其他部族手中，對草原的局勢將有極大的影響。他剛稱王，根基不穩，親自前來議和本就是冒險之舉，如今神甲去向不明，草原五族相互猜忌，眼看要起戰事，呼延昊必回關外。

明日早朝，呼延昊定來辭行。

步惜歡將奏報掃進火盆中，日後總算可以不必再看那沿街追逐的鬧心奏報了。

暮青不由佩服，五胡使節團急著回去，議和條件自然就沒得挑了，給多少皆由大興說了算。此計不但為國庫減輕了壓力，也一定深得元修之心，他們之間的結盟會更牢靠。

「那批神甲有多少件？」

「千餘件。」

暮青聞言一驚，既驚於刺月門的能力，又鬆了口氣。神甲刀劍不入水火不侵，若能建一支神甲軍，對步惜歡大有助益。

步惜歡看著暮青的神情，暗自一笑。神甲軍日後會是她的侍衛軍，但此事得先瞞著，免得她擔心。

……

龍武衛仍在搜城，夤夜時分，隱衛們安排好了回內務總管府的事，前來稟奏時，帶來了一封奏報。

步惜塵被關在侯府審了一夜，總算交代了毒閻羅的事——毒是有人給他的。

那日，步惜塵問出步惜晟與當年的案子無關，懊惱之下便走了，把步惜晟一個人撂在了酒樓。他去了戲園子，聽戲時，小廝遞給他一封信和一只玉瓶，信裡盡是大逆之言，但句句都寫在了他的心坎兒上。他心驚之下出了戲園子，卻未見到送信之人，於是回府想了一夜，覺得再難等到此等良機，便於次日將步惜晟喚來，以其母相逼，做下了此局。

「有人教唆他？」暮青看罷奏報，面沉如水，那幕後之人城府深沉，他教唆步惜塵謀奪皇位是假，趁機銷案才是真。

「那人看來是想銷案，正巧妳也不想查了。」步惜歡也看穿了凶手的心思，問道：「真不想查了？」

他願她能隨心而活，願傾一生之力護她斷案平冤，不懼權勢壓迫，不畏險象殺局。

「不查了。」暮青平靜地道，此案乃謀國之局，查也無用。江山萬里，群狼環伺，查出一個幕後之人，還有一個攝國元相。江山拚的是兵權機謀，而非斷案查凶，她該走的是那條謀權之路。世間有太多的案子，斷得明白卻判不了真凶，從今往後，她要謀權，待四海安定，斷案平冤，定叫天下間沒有判不了的凶徒！

暮青支開半扇窗子，窗外桃花正濃，府外人聲嘈雜，火把照亮了半座內城，星火紛飛，富麗如畫。

幾瓣桃花飛落窗臺，步惜歡走近，輕拈一瓣，對著暮青的鬢邊比了比。

待天下大定，他願為她綰髮簪花，畫眉貼鈿，如此一生，白首不離。

一天兩夜，龍武衛搜遍了內城，連人影都沒找著，城門卻不能再關了——五胡使節團遞了公函進宮，請求出關。

這日大朝，五胡使節上殿後只有一句話——請求出關。

至於議和條件，前陣子說每部每年要金銀十萬，綢緞三萬，牛羊三千，如今草原五部總共這麼多就夠了。

「戰敗之族也敢求金銀？」自戕之後，元修第一次上朝，態度強硬一如從前。

烏圖道：「大將軍，議和是大興提出的，不講信義，不怕天下人恥笑？」

元修大笑：「這些金銀若能拿來撫慰邊關將士抑或窮苦百姓，背信棄義又有何妨？」

呼延昊問：「大將軍之意是不懼邊關再起戰事？」

其餘四部皆以為呼延昊瘋了，神甲被盜，五部之間眼看要起戰事，這時最怕的就是西北軍出關征討。

元修道：「我還懼一戰？」

「就憑大將軍現在這副身子？」呼延昊瞥了眼元修心口，又瞥了眼暮青。他要走了，卻有些放不下這女人，世上不缺女子，卻只有她敢在人心上動刀，還能將必死之人救活。如此獨一無二，他還真是想帶她走。

「好！那就如此吧。」元廣道。

呼延昊譏笑一聲，元修不懼一戰，他爹懼。他爹不想白耗西北軍的兵力，而是想拿來謀朝篡位，且元修傷勢未癒，元家人怎會准他回邊關領兵打仗？

元修看向元廣，眼底彷彿有雷滾過空山絕壁。「丞相大人不想下官遠赴邊關，何不此刻就拿下這些人？」

五胡部族即將自相殘殺，必不敢犯邊，今日拿下使節團，關外即便得了消息也不敢來犯，眼下正是不戰而屈人之兵的時機，還等什麼？

暮青冷笑，等什麼還用問？當年勒丹大王子帶人潛入盛京刺相，雖然都被殺了，但幕後之人與勒丹王勾結，野心昭然若揭。元廣想將人放回去，看看勒丹王有何動作，因此才不顧戰機，放虎歸山。

元廣道：「兩國交戰，不斬來使，你是想讓朝廷受盡天下人的恥笑？」

元修道：「難道戰勝求和，賠銀納俸，就不受天下人恥笑？」

父子兩人針鋒相對，百官垂首屏息。

呼延昊笑道：「大興不求和，本王求和也未嘗不可。本王不要金銀牛羊，只求與大興結下姻親之好，永不犯邊。」

此言一出，百官皆愣。

這意思是想和親？

其餘四部胡使的臉色頓時變了，萬一大興答應和親，狄部日後憑姻親關係向大興借兵，草原上的形勢可就……

百官的臉色也變了，呼延昊知道大興遲早要廢帝，他定看不上皇室宗親之女，和親之女十有八九要從百官家中挑。

元廣卻笑了。「和親是喜事，本相豈有不應之理？」

呼延昊笑道：「那本王可就挑人了。」

「哦？」元廣一愣。「聽狄王之意，莫非已有心儀之女？」

呼延昊聞言，目光忽然越過百官，抬手一指。「本王要她！」

百官回首，瞠目結舌。

暮青心中一驚，她委實沒想到今日會有此險！

好在一道寒涼之音自御座上傳來：「哦？狄王想聘英睿？」

步惜歡噙著笑望了暮青一眼，彷彿隔著山海萬里，無聲對她道——稍安。

他問：「狄王想聘的是英睿，還是桑卓神使？」

此言一出，百官大悟，當初多傑中毒，周二蛋將其救活，五胡將此事引為神蹟降臨，從此就把他當成了桑卓神使。有神使輔佐的王自然一呼百應，大業指日可期。

四部明白了呼延昊的用意，登時不幹了。

「大興皇帝陛下！」多傑操著一口蹩腳的大興話道：「我以勒丹金剛之名，請求你不要聽從女奴之子的話。英睿都督是尊貴的桑卓神使，草原兒女絕不會利用桑卓神使一統草原，女奴之子是在褻瀆神使！」

呼延昊聞言看向多傑，耳環上鑲著紅寶石的鷹眼閃過血光，殺意冷嗜。

多傑將右掌貼在心口，向暮青躬身一拜，面色虔誠。「英睿都督，我以勒丹金剛之名邀請你來草原，我們勒丹部族的百姓一定會像敬愛天鷹大神一樣敬愛你。」

「我們戎人部族也一樣。」

「我們烏那……」

「我們月氏……」

一時間，暮青竟成了五胡部族爭搶的香餑餑，男子和親本就是滑天下之大稽的事，居然還被當殿爭搶，實在叫人哭笑不得。

暮青道：「我不會出關的，因為我是大興人。」

爹在世時，她心裡有家無國，這封建王朝從未讓她有過歸屬感。可這大半年，她從軍西北，多了生死與共的戰友、風雨同舟的至愛，她不再是孤身一人，她想將自己當成大興人，哪怕朝廷腐朽不堪，她也想守護它，盼它吏治清明，繁榮久長。

多傑沉默了半晌，再次行禮。「我明白了，都督敬愛自己的國家就像草原兒女敬愛天鷹大神，我們勒丹人敬佩都督這樣的兒郎，我以金剛之名起誓，不會勉強都督。」

呼延昊譏笑了聲，剛要說話，元修屈指一彈，真力成劍，忽然射向了呼延昊的心口！

此劍似虛卻實，百官看不見，只見呼延昊襟口的雪狼毛忽地倒伏，如遭颶風一摧！

百官大驚，呼延昊卻渾不在意地撣了撣心口，衣襟前的雪狼毛被撣掉了一撮，露出了襟下的神甲。

元修這才想起呼延昊當初得了件神甲，他多疑又惜命，怎會不穿在身上？

「好了！」元廣不耐地制止了鬧劇，問道：「狄王和親之心誠與不誠？若誠，朝中自會甄選貴女和親，若不誠，簽了議和條件便出關去吧！」

呼延昊縱聲大笑：「自然心誠！本王之意是，求大興貴女和親，要英睿都督送嫁。」

此話自無人信，呼延昊想藉桑卓神使之助謀奪草原，送嫁不過是個迂迴之計，待送嫁的隊伍到了關外，他大可以反悔不讓人回來。

「好！」元廣應了，他答應讓人送嫁，可沒答應人能活著出關。

「丞相真是爽快人！」

「狄部與我朝永結姻親之好，日後邊關無戰事，本相自是樂見的。」

兩人各懷鬼胎，和親大事就這麼定了。

這對其餘四部來說絕非好事，可關外傳來王令，要他們速回，四部只能認了。

為防夜長夢多，中臺當殿草擬了議和文書，交由五胡使節，各自蓋了國印，而和親國書需由呼延昊回到關外後再遣使來遞。

如此，僵持了兩個多月的議和總算敲定了。

文書簽訂後，五胡使節便請辭回驛館，留給大興人安排明日之事。

元廣道：「明日五胡使節出京，護送的人選即刻商定出個章程來，不可延誤。」

暮青道：「送使節出京我就不去了，明日我回軍中練兵。」

百官聞言大為意外，大澤湖三月冰融，五月水暖，二月練兵有何可練的？

「湖冰未融，如何能練兵？你忘了你與本相之約了？」元廣想查出幕後之人，目前還用得著暮青，練兵雖然緊迫，但湖冰畢竟未融。

暮青道：「用人不疑，疑人不用，丞相大人既讓下官查案就該信得過下官，可昨夜龍武衛圍府，帶刀搜查，欺人太甚！既如此，查案之事請另尋高明，恕下官不伺候了！」

近日被搜查的可不只有都督府，敢怒不敢言的大有人在，但敢痛斥權相的只有暮青。

元廣怒極反笑。「好，那你就練兵去吧！明年三月觀兵大典，江北水師若練不出個樣子來，本相必不饒你。」

暮青冷笑，誰不饒誰，還不一定。

一年之期，鹿死誰手，且看！

朝中要商議明日之事，早朝一退，暮青出了宮便策馬回府，元修追上來問道：「要不要去趟望山樓？」

暮青蹙眉，上次去望山樓，元修忽然表露心意，這回想必是因為步惜歡。

「我回府換身衣裳。」
「好，都督府見！」
半個時辰後，元修駕著上次那輛馬車來了，暮青不許人跟著，坐著馬車出了城。

望山樓，還是上回的雅間，上回的茶點。
元修立在窗邊，大寒寺外的山腰上，山花如雪，他卻無心賞看，直截了當地問道：「他待妳之心，可能長久？」
「何意？」暮青端著茶盞，茶香滿室，嫋如輕霧，隔開了他與她。
元修一揮袖，袖風攜著山花香將茶氣揮散。「妳不知我是何意，難道不知自己的心意？妳不喜男子納妾，卻偏偏看上了他，難道不知他大業若成，三宮六院必不可少，妳莫非想成為他后妃中的一人，一生困於深宮？」
「不願。」暮青道。
元修面色一鬆。「那妳還……」
暮青擱下茶盞，起身來到窗邊，遠眺著富麗如畫的古都，聲音飄渺，也直截了當地道：「我心悅一人，必為其傾盡所有。」

元修聞言，忽如一尊人像。

「我願為他披一身戎裝，換他為我去那身龍袍，三宮六院，只我一人。」此話暮青對步惜歡都未說過，說給元修聽是因為她知道他在關心她，也知道他並未死心。

元修忽然笑了，笑出滿眼的痛楚和淡淡的嘲諷。「妳覺得可能嗎？」

暮青回身，目光清明。「世上無難事，只怕有人心。」

「少來這套！阿青，妳醒醒吧！自古貴族男子不納妾的少有，何況帝王？以他的處境，敗則被廢幽禁，勝則親政治國，妳以為親政容易？欲治國需先治士族門閥，士族勢如老樹盤根，他雖在外廣建江湖勢力，在內廣植眼線，但想讓百官俯首只能以利益為餌，而君臣利益相連最有效之法就是後宮。哪怕他待妳是真心的，妳敢保證日後群臣逼迫之時，他能不立后納妃？妳敢保證他會為了一個女子，危及來之不易的帝業？」

元修所言皆是現實，暮青懂，但她有她對待感情的態度。「他願不願，那是他的心意，我無權看管，只能看管我自己的。」

人人都有愛或不愛的權利，她所受的教育讓她崇尚平等，如同元修心悅於她，她只能明示態度，卻無權命令他收回感情。元修心悅誰、怨憎誰，皆是他的情感，除了他自己，旁人沒有權利強求。步惜歡也一樣，若日後他想要充實後宮以保帝位，那是他的選擇，她管不著，她能管的只有自己的心意。

元修眉頭深鎖，難以理解暮青。「妳如何看管自己？妳可知道，他若為妳不設三宮六院，妳便會成為眾臣之敵？」

百官會日日說她紅顏惑主，說她是擾亂朝綱的妖女，奏請將她打入冷宮，甚至賜死。

三宮六院，只她一人，若真如此，帝位有險，她亦有險！

「群臣敢拿捏君王，無非是君權勢弱；群臣敢管到君王的後宮裡去，無非是不畏后權，那我就讓他們畏懼。」暮青傲然地道，她會強大自己，強大到無人敢欺。「兵弱謀兵權，人少養新貴！君為舟，民為水，水則載舟，水則覆舟，此話用於士族之身也一樣。天下學子，九成寒門，求仕無路，報國無門，朝政之弊已顯，而歷史的車輪總是在不斷前進的，新政勢必取代舊政。我願為天下先，願為新貴之首，倒要看看，被歷史的車輪輾碎的是新政還是舊政，看誰敢將我推上斷頭臺，誰敢往我的男人枕邊塞女人。」

元修怔住，彷彿眼前之人從未見過。以前，他以為她只擅長驗屍斷案，直到今日他才明白，她亦可披甲從政指點江山。以前她對國事沒有興趣，而今她有了，卻不是因為他。

那夜，那人在他面前摘下面具之時，他便知道她與他情非一般。當他知道，她為了化解廢帝之險竟不惜背負志向之重時，他有多痛，她不會知道。因為不甘，他才約她再來望山樓。沒想到，當初她敢女扮男裝從軍西北，如今她還敢為新貴之首，敢謀兵權以壓權臣。

「妳為了他，竟至於此？」心口又生劇痛，元修握著拳，硬生生沒動。

暮青的目光清澈明淨，說道：「至於。」

「好！」元修一笑，有些氣短，笑罷轉身便走。「妳堅持要走這條險路，我也有我的路走。」

暮青問：「你待如何？」

「妳不必問，妳只看管好妳自己，我看管好我自己。我告訴妳，我與他的君臣之約裡沒有妳，妳未嫁，他未娶，妳的名字一日未寫進他步家的玉牒裡，我如何走我的路都不過是各憑手段。」元修說罷，便大步離去。

第二章

舌戰學儒

暮青一回府，府外就遞來了拜帖。

多傑求見。

暮青知道，多傑定是想將父親的屍骨運回草原，她雖說不查案了，但案子只是暫且放下，屍骨還不能交給多傑。

都督府乃軍機重地，不便會見胡人，暮青索性將人約到望山樓，讓掌櫃晚上在大堂留張桌子，大大方方地談。

……

這天傍晚，暮青帶著月殺依約而至，一進望山樓，她毫不意外地看見了呼延昊。

但除了多傑和呼延昊，她還看到了狄部的小王孫呼延查烈。

呼延查烈是被帶來盛京為質的，明日呼延昊一走，四歲的他便要獨居異鄉，不知歸期。他穿著身藏青胡袍，小辮子上綴著彩珠，明知有人來了卻不抬頭。

暮青入了座，正值飯時，望山樓裡文人滿座，平日裡談古論今甚是熱鬧，今兒卻靜悄悄的，滿堂的目光都落在暮青這桌。

暮青問多傑：「你想明日走時將你爹的屍骨一併運回草原？」

多傑道：「神使果然有神通之能。」

暮青道：「我不是神使，我是大興朝廷的武將，江北水師都督。」

大堂裡嗡的一聲，江北水師都督之名人盡皆知，但許多人還是頭一回得見其人。

多傑道：「英睿都督，按我們草原人的信仰，勇士的屍體是屬於天鷹的，牠們會將勇士的靈魂帶給天鷹大神。請允許我將阿爸的屍骨帶回草原，多傑家族會記著您的恩情的。」

多傑以掌置於心口，垂首一禮，甚是真誠。

暮青卻不得不拒絕。「你阿爸與假勒丹神官一案有關，此案尚未查清，我很抱歉還不能將屍骨交給你。你若信我，一年後我送嫁時，定將屍骨歸還草原。」

多傑聞言面露難色，這時，店家上菜來了。

掌櫃的有心，午後接到都督府的傳信後買了頭羊回來，今晚上的都是大菜。

呼延昊不請自來卻不客氣，撕了塊羊腿肉嚼了兩口，說道：「這肉沒本王在呼查草原上吃的狼腿香，本王甚是懷念，不知都督懷念否？」

暮青道：「懷念，恨不得再回一次呼查草原。」

呼延昊笑問：「恨不得再宰本王一回吧？」

暮青點頭。「沒錯。」

呼延昊縱聲大笑，抱起酒罈一灌就是一罈子的酒，烈酒辛辣割喉，他卻覺得痛快。

今晚的菜除了羊肉還有盛京名菜，呼延昊不客氣，呼延查烈卻拘謹得很。

暮青見呼延查烈一筷未動，不由問道：「不合胃口？」

呼延查烈默不作聲，像沒聽見有人跟他說話。

「她在跟你說話。」呼延昊目光幽沉。

呼延查烈的親隨一驚，忙用胡語說道：「王孫，英睿都督在問你話。」

暮青問侍從：「他聽不懂大興話？」

「他聽得懂，草原王族從學說話起就要學胡語和大興話，在盛京這兩個月又專門請了人教他大興話。」呼延昊看著呼延查烈，眸光幽冷殘忍。「不說話的人不需要舌頭，聽不懂話的人不需要耳朵，你沒有了舌頭、耳朵，一樣能在大興為質。」

呼延查烈抬起頭來，露出一張稚嫩的臉，英眉高鼻，眼眸湛藍，像一頭想要咬死獵物的小狼。

呼延昊望著他仇恨的目光，快意地道：「想要留著你的耳朵、舌頭，那就好好回她的話。」

呼延查烈看向暮青，眼底有著稚子不該有的憤怒和仇恨，他抓起菜便塞進了嘴裡，說道：「多謝都督。」

暮青對呼延昊道：「狄王不殺人不痛快的毛病真是無藥可救。」

呼延昊道：「本王殺的是狄部的族人，都督想管？簡單！」

只要成為狄部的王后。

「不想管。」暮青斷了他的妄想。「我只想提醒狄王，從你將小王孫帶到大興為質的那一天起，他的命就不是你說了算了。」

呼延昊挑了挑眉頭，她好像很護著這小崽子？

「好！那本王走後，這小崽子就交給都督看管了。」

「他有名字，不叫小崽子。」暮青明日就出城練兵了，不可能照顧呼延查烈。

呼延昊譏嘲地笑了笑，階下囚不配有名字，他在牛羊圈中長大，只有阿媽喚他阿昊，在別人眼裡他不過是個女奴之子，連崽子的名字都沒有。

暮青不再理呼延昊，她見呼延查烈拿手抓菜，嘴上和手上皆是油，便跟月殺要了條帕子遞了過去，對侍從道：「拿去給小王孫擦擦手。」

侍從剛接帕子，呼延查烈便忽然將帕子搶了過來，往嘴上一抹，往地上一擲，拿小靴子狠狠地一碾。

呼延昊眼中殺意忽盛，暮青冷冷地道：「狄王不想好好用膳可以走，我本來就沒請狄王。」

「妳也沒請這小崽子。」

「我現在請他。」

呼延昊的怒意頓時化作詫異，她還真護著這小崽子了？

「你要吃飯，不然會長不高，長不高就沒有辦法做你想做的事。」暮青看向呼延查烈，她不習慣柔聲細語，但必須要教導這孩子。世上最不能忽視的就是孩子的仇恨，反社會人格的形成大多源於幼年時期受過的心理創傷，若不及時引導，日後為禍必深。

呼延昊奪權那夜太過慘烈，狄部王族覆滅殆盡，只剩下呼延查烈一人，他恨呼延昊，或許也恨那夜深入狄部的大興人，他現在想殺了呼延昊，日後若有機會回到草原，想殺的就會是大興的百姓。

呼延查烈盯著暮青，她說的道理很容易懂，於是他沉默了片刻，捧起一碗銀耳粥喝了起來。

暮青又道：「你要吃些肉才能長得壯。」

呼延查烈放下碗，見暮青指著一盤烤羊腿問：「喜歡這道菜嗎？」

呼延查烈警覺地搖了搖頭。

暮青心中微疼，對侍從道：「割一些給小王孫。」

才四歲的孩子就已經知道不對人透露喜好，尤其是吃食。呼延查烈如此，當初步惜歡在宮裡想必也是如此。

金黃油潤的烤羊腿香氣誘人，男孩吞了吞口水。暮青知道他已經很久沒有吃過烤羊腿了，因為他的臉有些削瘦，下頷留下的指痕是絕食過的證據。他還小，不懂得隱藏仇恨，只能絕食抗議，因此常被人掐著下頷硬塞飯食，那種情形下，能灌進腹中的唯有粥水，因此他一定有些日子沒吃過肉了。

但呼延查烈還是沒動。

暮青又指著一盤八寶兔丁問：「喜歡這道嗎？」

呼延查烈又搖頭。

「拿些過去。」暮青對侍從道，又指著一盤鳳尾蒸魚問：「這道呢？」

呼延查烈還是搖頭。

「拿過去。」暮青再指向一盤金玉筍絲時，呼延查烈看看她，又看看筍絲，小手往身後一藏，點頭時小辮子上的彩珠嘩啦啦的響。

暮青眼底生出笑意，對侍從道：「這盤不要拿了。」

侍從的嘴張得老大，呼延查烈的小臉兒皺成了包子，想不通他的心思為何總能被猜透。

呼延昊也很詫異。「妳怎知他不喜歡什麼菜？」

暮青當然不會告訴呼延昊，孩子也是會撒謊的，看穿孩子的謊言比看穿成年人的要容易很多。成年人也不是天生就會掩飾，而是在成長中學會掩飾的。

孩子說謊時會捂住嘴巴，做錯事時會把手藏在身後；少年則會意識到這樣做太明顯，因此說謊時會將手指放在嘴邊摩挲；而成年人說謊時則不會再觸碰嘴巴，他們會摸鼻子。隨著年齡的增長，人的經歷越豐富，情感越複雜，微表情越難以判斷，孩子的心是最純真的，他們的動作代表的意義最容易讀懂。

「謀事貴在頭腦，成事貴在體魄，一日三餐乃體魄之根本，用膳需慢，膳食種類需全，如此才能身子康健，快些長大。」暮青道，這孩子心裡藏著滅族之恨，引導他得先讓他信任她，願意聽話。

呼延查烈的憤怒和仇恨被疑惑和警惕替代，他不懂大興的武將為何要關心他，為何能看穿他，只是覺得此人之言有道理。於是，他開始乖乖用膳，那被飯菜塞得鼓鼓的小臉兒令人瞧著，有些心酸。

狄部奪權之夜後，呼延查烈第一次好好用膳，呼延昊看著暮青，她的眉眼裡彷彿有光，有比燈火更暖的光，他忽然便想起了童年。她不像阿媽，眼神裡卻有著跟阿媽一樣的光，讓人望進去便不想走出來。

大堂裡氣氛靜寂，暮青、呼延昊、多傑皆不動筷，暮青看著孩子，兩個男子看著她，只是心事不同。

這時，忽然有人問道：「都督為何要對胡人如此好？」

大堂裡站起個灰衫青年，神色憤怒，質問道：「大興自建國起六百餘年，五胡無數次犯邊，邊關百姓飽受其苦，自鎮軍侯元大將軍戍邊後憑據天險重修邊防，五胡才沒能再打進關來。可邊關的將士依舊因五胡犯邊而死傷無數，前年年底五胡聯軍叩邊，一年的時間，七萬將士為國捐軀！百姓恨不得殺盡胡人，食肉寢皮，都督倒是心善！」

青年之言憤慨鏗鏘，滿堂學子聽得血熱，無不憤慨。

暮青沒有解釋，只問：「你服過兵役嗎？」

青年一愣，昂首答道：「不曾，學生乃是讀書人！」

暮青又問：「你殺過胡人嗎？」

青年皺了皺眉。「學生未曾戍邊，怎會殺過胡人？」

「你沒有，我有！」暮青目光寒如刀劍。「我服過兵役，我戍過邊，我殺過胡人！我為邊關百姓流過血，見過戰友為國捐軀。你為國家做過何事，有此立場替邊關百姓在此質問我？」

青年頓覺臉燙，卻不服氣。「此言差矣，文臣治國，武將戍邊，都督身為武將，戍守山河理所應當。學生乃是讀書人，文人憂國憂民，替百姓說話才是分內之事。」

「憂國憂民我信，替百姓說話我也信，只可惜你的話未必說在天下百姓的心坎兒裡。」

「此言何意？」青年面色一冷，拱手道：「還請都督賜教！」

「賜教不敢當，只想問問足下可是寒門出身？」暮青問。

青年抬起衣袖，兩袖洗得發白。「學生自然是寒門出身。」

「既是寒門出身，為何不知百姓之苦？竟說出百姓恨不得殺盡胡人之言來？」暮青問。

滿堂學子大為不解，不知此話何錯之有。

「我問你，天下百姓所求為何？」暮青問。

「太平喜樂。」青年答。

「既是太平喜樂，何以有殺盡胡人之願？」

「這……」

「哪朝的百姓希望邊關有戰事？古來征戰幾人回，戰事一起，生靈塗炭！多少兒郎離家戰死沙場，多少爹娘失去兒子，妻子失去夫君，兒女失去父親，殺盡胡人是百姓之願？我看是你等名垂青史之願！」暮青一指呼延查烈，問道：「你只看到他是狄部的小王孫，可看到他還只是個幼童？」

呼延查烈低頭用膳，彷彿四周的舌辯與他無關，滿堂異國之人的敵意也與他無關，他只用小手捏著筷子，一口一口地將飯菜往嘴裡送，彷彿他關心的只是吃飽長高。

「他的父輩殺過大興百姓，殺人償命，他的父輩該殺，他呢？他只有四歲，可殺過一個大興百姓？」

「父債子償，天經地義！」青年不服。

「好！」暮青抬手一射，一道寒光擦著青年的脖子釘在了牆上！

滿堂驚呼，學子們紛紛起身，藉著燭光定睛一瞧，見牆上釘著的竟是一把薄刀。

暮青道：「我曾帶著此刀深入狄部，與大將軍等人死戰一夜，殺敵不計其數！現在給你這把刀，你拿著它，殺這孩子給我看！」

青年一驚，呼延查烈的侍從紛紛拔刀，怒視青年，連暮青也一併監視了起來。

呼延查烈仍在專心用膳，自奪權那夜起，世間已無事能讓幼小的他恐懼，除了呼延昊。

「殺！」暮青大喝一聲，青年一顫，連刀都不敢碰。

暮青掃了眼大堂，問：「有誰敢殺？放心，侍從由我解決。」

侍從們驚怒萬分，死死地盯著暮青。

滿堂學子看著那刀，再看向那一心用膳的孩子，終於發現伸不出手。哪怕對胡人深惡痛絕，可真到了殺人的關頭，看著那吃得臉頰圓鼓鼓的孩童，沒有人忍心去拔牆上的刀。

「善心並非唯獨我有，諸位也有。」暮青掃了眼學子們，說道：「我在邊關時見過百姓之苦，戰事一起，前有五胡叩邊，後有馬匪搶掠，百姓白日閉戶不出，夜裡不敢點燈。你們日日談古論今，以為聚在此處辯論國策便是憂國憂民，卻不解百姓疾苦，又如何能替天下的百姓說話？」

青年啞口無言，滿堂學子無一人出聲。

「你我終將作古，未來是子孫們的，善待孩子，少在孩子們心中種仇恨的種子，未來就少一場戰事，我大興就少一個為國捐軀的兒郎，多一些有兒郎送終的爹娘。」暮青走向青年，青年繃直了身子，而她只是收走了牆上的刀。

暮青沒有回席，而是出了望山樓。

「朝廷之安，百姓之求，莫過於天下無戰事。」少年的背影融在燈影裡，莫名令人仰望。學子們目送他走進燈火璀璨的長街，直到那身影被火樹銀花淹沒，再也看不見。

呼延昊望著長街，容顏被燈影晃得忽明忽暗，不辨陰晴。

呼延查烈放下筷子，吃飽了。

暮青在街上駐足，回頭看了眼望山樓。

月殺跟在後頭，一言不發。他剛見這女人時，她的心思只在斷案和替父報仇上，可一年不到，她竟在政事上成長至此。

今夜約胡人在望山樓相見，起初他真以為她是為了光明正大，直到她舌辯學子，他才明白此行另有深意。哪怕今夜小王孫不來，那些學子也必定會質問她為何與胡人相約吃喝，一場舌辯註定會有，這女人今夜是衝著那群學子去的。

暮青吸了一口街上的風，她既有為天下先的心思，自然要有所行動。今夜之言，她不保證所有的學子都贊同，但必然會有與她政見相同之人，她要的，就是那些人。

暮青在望山樓裡沒吃飯，回府後剛用過飯菜，步惜歡就來了。

他一來就往她的榻上歪，恨不能醉臥千年似的。「聽說娘子忙得很，一天去了兩趟望山樓，晚上還舌辯學儒了？既記掛著出城練兵，還記掛著寒門學子，不累？」

望山樓之事的奏報他是在馬車裡看完的，她總是讓他驚奇，總是讓他心疼。

「累，但累也要做，我不可依附於你。」暮青望進步惜歡的眼中，認真地道：「我可以依靠你，但不可以依附你，不是我認為你不能護我，而是我認為男女在感情裡的付出理應平等。你我的將來必定風雨不歇，我不想每逢風雨都要你苦苦庇護，更不想因為你心悅我就理所當然地享受庇護，而我絲毫不為感情付出。我的價值觀裡沒有享樂主義，只有平等相待，共同付出。」

若他是普通兒郎，她只需是普通女子；若他為帝王，她亦需成王。成王，而非王后，位居人後者，難以平等對話，難逃被人主宰的命運。她不要位居人後，她要的是與他比肩，地位平等。

將來若她為后，必因愛他；若他背棄，她必離去。今日她所做的是為他，也是為了自己將來的退路。

步惜歡聞言怔住，眸底逐漸翻起巨浪！

她是在告訴他，心悅他時，她可以傾盡一切；想離去時，亦可無人能攔？

原以為他們如今已是兩情相悅，未曾想即便兩情相悅，她亦是如此決絕。他驚喜於她的付出，驚訝於她口中的平等，亦因她的清醒而警醒。她是愛恨分明至情至性的女子，骨子裡帶著幾分決裂，寧為玉碎，不為瓦全。他若傾半生心力謀國，或許需要傾一生心力謀她。

「青青，妳真是……世上最至情，亦是最絕情的女子。」

「那你努力不要讓我絕情不就好了？」暮青說得輕巧。

步惜歡苦笑，她可真會鞭策人。

「崔遠他們就要去江南了，你都安排好了？」暮青倒了盞茶給步惜歡壓驚，順道換了話題。

步惜歡接茶，喝了半盞才道：「放心吧，挑了些神甲侍衛暗中護著呢。」神甲軍是為她建的，正好藉此機會練上一練。他下了旨意，只准侍衛們在暗中護著，且不到那些學子有性命之憂時不可相助。那些少年若知有人保護難免會有依賴之心，他要的是他們在危難中迅速成長，日後才能當大用。

「明日何時去軍營？」一盞茶喝罷，驚意絲毫未能壓下去，步惜歡嘆了口氣，只好將暮青方才之言收在心裡放妥。

「晚上再走。」暮青道。

步惜歡不意外，五胡使節明早走，那時滿朝文武都會出城相送，她可以藉口要去軍營，讓學子們大大方方地進府來為她踐行。

崔遠等人的替身已安排好了，日後替子會常出入望山樓。今夜她舌辯學子後，有人與她政見相同，必會前來結交。

「想好如何練兵了？」步惜歡對此很感興趣。

練兵非將才不可，她從軍時日尚短，都還算不上老兵，更別提當都督了。

暮青道：「你很快就知道了。」

步惜歡失笑。「還保密？」

「不是你想要驚喜？」暮青鬱悶，他那一臉感興趣的表情不就是想要驚喜的意思？她滿足他的心願，他倒說她保密，得了便宜還賣乖。

「好，那我就等著看好戲了。今夜還有事，我明早再來。」步惜歡道。

「你要回去？」暮青有些意外，以步惜歡的習慣，出宮前必定安排了替子，他在都督府裡歇一夜，明早見過崔遠等人，趕在百官回來之前回宮不就行了？

步惜歡笑問：「捨不得為夫走？」

暮青翻了個白眼，轉身賞月，直到聽見下樓的腳步聲，才忍不住回身道：「注意安全。」

步惜歡回頭，見暮青又賞月去了，不由一笑，舒心了些——若他不棄，她必不離，此生他都不會給她離開的機會。

次日一早，五胡使節進殿拜別大興皇帝，隨後由禮官念唱送行，官轎擺開了二里地，甚是熱鬧。

都督府裡也很熱鬧，崔遠、賀晨、柳澤、蕭文林、朱子明和朱子正兄弟再次齊聚，步惜歡以白卿的身分出現在少年們面前，當他拿出六張人皮面具、假身分文牒和路引時，少年們就算閱歷再淺也猜得出白卿的身分非同尋常了。

步惜歡道：「這是你們的新身分，記牢。」

少年們接過身分文牒，相互一看，驚色更甚——六人的州籍未改，改的只是縣村和名姓。如此安排照顧到了他們的鄉音，心思甚是縝密。

「到了江南，我會半個月與你們傳信一回，傳信時以賢號相稱。此去險惡，勢必有暗殺之險、內奸之詭，需步步為營，小心共謀。我與諸位傳信時，信中會留下次接頭的暗語，取信人會帶著我的手信和暗語，二者缺一不可，切勿輕信他人。」步惜歡囑咐罷了，吩咐少年們各回住處，午後會有個和面具眉眼一樣的人到住處和他們交換身分，從此，他們是面具上的人，面具上的人是他們。

少年們從未經歷過這等事，懷揣著神祕感、興奮感、使命感和對未來的期盼與白卿道別，各祝安好。

崔遠住在都督府，只需等待頂替他的人來。他叩別娘親，楊氏眼中含淚，她一直說服自己要狠得下心放他走，但告別之際仍哭成了淚人。

這孩子像他爹，當年他爹一心報國，她沒有攔。如今孩兒要遠走江南，她也不能攔。

她知道攔不住，這是崔家男兒的血性，她自不會攔著孩兒做一個忠君報國之人，只望今日一別，不是永別。

這場面暮青看不得，於是出了院子。

步惜歡回到閣樓時，暮青站在窗邊，似有心事。他不由將她牽到桌前坐下，把一只藥瓶放到了她的手心裡，說道：「此藥是暖身驅寒的，其中有一味名為鄂女草，乃是圖鄂一族調理女子身子的聖草。盛京天寒，此草極難養活，巫瑾悉心照料多年才得此一瓶。妳帶在身上，天寒時莫下水，勢必要下時服一顆，切記愛惜身子。」

說完，他又拿出兩瓶藥，一樣的藥瓶，只是瓶塞不同。「這是妳近日服用的方子，巫瑾連夜做成了丸藥，妳帶在身上，早晚一粒。一夜間只能製出這些來，過個十天半月，會有人送去。」

巫瑾開的那副藥，她已喝了五副，軍中煎服湯藥多有不便，他便為她求了丸藥來。

暮青未看藥，只看人。「你昨夜去了瑾王府？」

元修的傷已無大礙，巫瑾回了王府，步惜歡昨晚走時，她還以為有急事，莫非他是去為她求藥了？

「不然呢？」步惜歡嘆了聲：「知道妳是個拚命的，這身子還得我幫妳愛惜著。」

「派人去求藥不就好了，何必自己去？」這人不知自己出去一趟要擔多大的風險嗎？

「巫瑾的藥豈是派他們去就求得來的？」步惜歡想起昨夜暮青的那番話，不由恨得牙癢。「再說了，我哪敢不親自去？娘子如此絕情，為夫還不得殷勤點兒？」

暮青一愣，她是覺得兩人相處理應坦誠，才將想法告訴了他，她知道他驚著了，卻沒想到他這麼在意。

「這些年，我自以為能山崩於頂而面色不改，昨夜才知仍能被人給驚著，娘子真是好本事！」步惜歡氣極反笑，笑著笑著，便問道：「妳瞧，為夫連聖藥都給娘子求來了，娘子要不要說句情話，好讓為夫的心往肚子裡放一放？」

暮青就知道這廝不會正經多久，脣角不由揚了起來。

「嗯？」步惜歡捏了捏暮青的手心。

暮青扭頭看窗外，笑容比窗前一枝桃花綻得都美。

這時，房簷上忽然傳來一道聲音：「主子，人到了。」

步惜歡的笑容淡了下來，說道：「傳。」

來的人是假扮崔遠的隱衛，崔遠去江南後，府裡要住著假崔遠。隱衛既然要住在都督府裡，自然要來見見暮青。

少年一張貌不驚人的臉，上了閣樓便拜道：「主子，都督。」
暮青一聽就愣了，好熟悉的聲音。「你是……」
「兔兒爺。」步惜歡漫不經心地提醒。
少年蔫頭垂腦的。「屬下知罪。」
「你怎麼來了？步惜塵呢？」暮青問。
這少年是祥記酒樓的小二，他和掌櫃的將步惜塵劫持到了侯府，躲過了搜城，可風聲緊，他們一直沒將步惜塵放出來。
步惜歡道：「這時應該扔去街上了，待百官送走了使節，回來的路上必能瞧見他，妳就別操心了。」
「那掌櫃呢？」
「朱子正。」
暮青這才懂了，掌櫃和小二正被緝拿，換個身分倒是個好法子。
「有名字嗎？」暮青問少年。
少年答道：「屬下駱成，隸屬月部，您可以喚屬下血影。」
刺月門中唯有首領以月字為號，刺部首領為月殺，月部首領為月影，而其他的隱衛以殺和影為代號，如血殺、血影。
暮青問：「你假扮崔遠，若與人吟詩弈棋，能保證不露馬腳？」

駱成一聽，信口謅來：「瘦損腰肢出洞房，花枝拂地領巾長。裙邊遮定雙鴛小，只有金蓮步步香。」

暮青無語，真是有什麼樣的主子就有什麼樣的侍衛。

步惜歡氣得一腳把人給踢了。「還不滾下去！」

駱成如聞大赦，一步併作三步地滾了。

「他們在外頭整日扮著各類人，性子都野了。」待他功力恢復，是該好好管管門裡的事了。

暮青更關心崔遠的名聲：「你確定他不會毀了崔遠的名聲？」

步惜歡道：「他性子雖差些，辦差還是不敢胡來的。」

這話暮青倒是信，江南之謀關係重大，步惜歡絕不會兒戲，她便把心放下了。

……

晌午，百官送走了五胡使節團，回城路上果然發現了步惜塵。

駱成辦事忒損，把人扒光了扔在街上，被發現時已半死不活。

人被送回恆王府，元廣命人再次搜城。但因五胡使臣出京，內外城門大開，誰也不知人有沒有混出去，龍武衛在街上做了做樣子，沒多久就歇了。

崔遠午後喬裝成一個不起眼的少年拜別了楊氏，背著行囊出了都督府，從此遠走江南，不知歸期。

步惜歡和暮青耳鬢廝磨到了傍晚，暮青將韓其初、劉黑子和石大海傳到了書房裡。

她有事要說。

第三章

火燒軍營

晚霞燒紅了半座京城，都督府的書房裡掌了燈，桌上鋪著兩張軍機地圖。一張圖上畫的是盛京外的山河要道及軍營所在，另一張是營區分布圖。

城外三十里處有湖，名曰大澤，水師大營依草澤而建。一個營兩千五百人，共二十個營，各營區的分布、望樓、崗哨、巡邏哨以及木牆、水壕、陷馬坑等，分布盡在圖上。

月殺、韓其初、劉黑子和石大海圍在書桌前，步惜歡扮作白卿站在暮青身後，興致勃勃地看著圖。

韓其初問：「都督將學生等人傳喚至此，可有吩咐？」

暮青道：「先生心知肚明，不是嗎？」

「學生不敢妄自揣測。」韓其初謙虛著，臉上卻有笑意。「不過，若真如學生揣測那般，都督可不厚道。」

「兵者詭道，敵方可不跟我們講仁義。」暮青問劉黑子和石大海：「想不想檢驗一下特訓的成果？」

劉黑子和石大海興奮地站直了身子。「想！都督想咋檢驗？」

「襲營！」暮青一拍地圖。「圍過來！」

四人聽令上前，暮青指著營區圖道：「營裡有營區二十個，望樓、崗哨皆在圖上，今夜我要你們潛入大營，繞過這些，直襲軍侯大帳，把四座軍侯大帳給我燒了！」

「燒、燒啥？」劉黑子和石大海張著嘴。

月殺的眼神冷颼颼的。身為都督，夜襲自家軍營，火燒軍侯大帳，這種事也就她幹得出來。

韓其初笑道：「大軍五萬，四路軍侯各領一萬兩千五百人馬，火燒軍侯大帳可不容易。」

「先生覺得難嗎？」暮青看向韓其初，與其敲鑼打鼓地擺著官威回營，她更想檢驗一下水師大營的防禦，給大軍來一次永生難忘的奇襲。

韓其初眼神發亮，笑道：「千難萬險，願隨都督！」

「好！」暮青將地圖往前一推。「那襲營之策就有勞先生了。」

「都督抬愛，學生自當盡力！」韓其初指著地圖道：「大營擇地而建，營區間有水壕，五個營區拱衛一座軍侯大帳，望樓林立，夜裡有巡邏哨，以四人之力想要夜襲萬人大營，看似痴人說夢，實則可行。」

所謂四人，指的是暮青、月殺、劉黑子和石大海，韓其初沒把自己算在內，他是文人，只能當謀士。

「嗯。」暮青應了聲，接著聽。

「其一，大營建在天子腳下，一無戰事，二無山匪，都督不在營中兩月有餘，將士們守營之心必定鬆懈。」

「其二，營中的弓弩手皆是新兵，未經常年操練，又是夜裡，準頭必定不佳。諸位一旦潛入營中，弓弩手便會形同虛設。且無論諸位中途暴露還是成功燒營，營中都會大亂，到時四面是人，弓弩手必不敢放箭，因此無需擔心會被箭弩所傷。」

「嗯。」

「但諸位潛入之前，需躲開望樓上和木牆後的弓弩手，不可被發現，不然有險。四方軍侯大帳，北大營即前營，轅門、陷馬、木牆、望樓皆在，守衛最強，不宜潛入；東大營近水，依大澤湖而建，被其他三營呈偃月形包圍，無處可進；西大營依大澤山而建，圍有木牆，建有側門，亦有望樓；南大營乃後營，後營太遠，繞到營門天都要亮了，因此，諸位只能從西大營進。西大營的側門是夜裡運送沮水和糞水進山之地，都督可率人在大澤山裡埋伏，將出來的兵打暈，喬裝之後進入營中，而後各自擇一方軍侯大帳，分開行事。不知都督想選哪一方？」

「東大營。」暮青道，東大營裡有章同在，他是都尉，她要瞧瞧他把兵帶得如何。

韓其初毫不意外，笑道：「欲去東大營，需先穿過西大營，都督可順著二營摸過去，二營的都尉是從西北軍裡挑的，此人殺敵勇猛，心懷抱負，可如今兩國議和，無軍功可領，日子沒了盼頭，他難免會對操練疏忽懶怠，疏於夜防。到了東大營，都督需繞開章同所率的一營，他如今心性已成，一營必定是夜防最嚴密的。」

暮青頷首。

「北大營乃前營，夜防必嚴，但聽聞一營的馬都尉甚是崇敬大將軍，常學大將軍夜裡不睡覺，抱著酒罈子往山崗上一坐，對月飲水。因此欲燒前營大帳，除了避開望樓的崗哨和巡邏哨，還需避開馬都尉，最保險的法子是先將此人放倒。」

「南大營乃後營，可擇西路而行，西路緊鄰大澤山，山坡地勢，與望樓之間有死角，可尋死角潛入。」

「西大營就是泔水和糞水車的出入之處，只要繞過二營就可以直襲軍侯大帳！」

韓其初指著地圖，將各大營的情形一一說明白。石大海和劉黑子聽得眼神發直，韓先生這兩個多月在府裡除了與崔遠談古論今，似乎也沒做別的事，怎麼就對各營的將領這般瞭解？

暮青知道韓其初定是在邊關時就留意過新軍的將領了，將每個將領的性情都瞭解透徹，因人獻策，此人的軍師之才果然不是假的。
「東大營是我的，你們呢？」暮青問月殺、劉黑子和石大海。
「北！」月殺道，哪兒最難潛入他就去哪兒，也該他活動活動筋骨了。
西大營最易取，劉黑子和石大海都想選難的，最終暮青給兩人定了下來——劉黑子取南大營，石大海取西大營。
劉黑子雖腿腳不便，但身形削瘦，夜裡易潛伏，而石大海水性不佳，各營間有水壕，他想過去不太容易，擇近處行事比較妥當。
暮青對石大海道：「你莫要以為西大營容易，西大營最近，需要潛伏的時間最長，你不能先動手，不然西邊火起時，我們還未到達，大軍就會被驚動。我需要你等著，等我們有一人得手時，才可行動。等待是最難熬的，你守門熬出來的性子，今夜派上用場了。」
石大海一聽，重露笑容。「都督放心，這門不是白守的，俺一定忍得住！」
「好！」暮青不吝讚賞。
韓其初想咳，硬生生地忍住了。
步惜歡莞爾，原以為她不懂人情世故，原來她想做，竟也可以做得好。她決定夜裡走，他就猜出她必有所為，卻沒想到她要夜襲軍營，真不知這一生，她會給他多少驚喜。

事情商定，暮青將都督大印交給了韓其初。「你帶著它，一旦火起，營中必亂，你帶著大印從前門進入止亂。」

說罷，她又拿出三塊虎符遞給了月殺、劉黑子和石大海。「大亂一起，為防有人不識你們，刀劍無眼，可拿著虎符和親兵腰牌亮明身分，命各營都尉軍侯到中軍大帳見我。」

四人接過大印和虎符，齊聲應是。

奇襲之策已定，暮青即刻出城，走時只騎著戰馬，帶了只小包袱。

城門將闔，天邊僅餘一道殘霞，少年策馬而去的背影英姿颯爽，殘霞落在肩頭，人似沐在金輝裡，漸漸遠了。

步惜歡在都督府門口望著那抹背影，手一抬，想要抓住，卻終究一揮衣袖，放那背影離去了。

五人一路疾馳，夜深時分在距水師大營十里處勒韁下馬，牽著戰馬入了林子。

「你自己慢慢往大營走，我們進山。」暮青對韓其初說了聲，就帶著其餘人摸進了大澤山。

兩個多時辰後，暮青蹲在山陰的一塊空地上鋪開地圖，順著林子指了出去。「從這兒出去有條小路，泔水和糞水車會經過此處，我們就在前面的林子裡等。」

三人點了點頭，而後隨暮青入林藏好。

此時已是後半夜，約莫等了兩刻，兩輛泔水車沿著山路駛來，拐進一條小路，少頃，馬車從小路裡出來時，車轍淺了許多。

兩個運泔水的兵將馬車停在空地上，摘下面罩呼哧呼哧地喘氣。

「太臭了！那泔水坑都快滿了，還不讓燒埋。」一個少年一摘面罩就開始發牢騷。

「你懂啥？才剛開春兒，這漫山枯草的，萬一把山點了，殃及軍營咋辦？」另一人三十來歲，身量壯實。

少年樂了。「別提軍營了，都督啥時候回營？」

壯漢道：「聽說在城裡查案呢，大案！」

「嘿！武將幹的是練兵的活兒，咱都督幹上衙門的活兒了。京城裡的大官兒一窩一窩的，查個案子還得用咱都督，欺負人吧？」

壯漢一腳踢在少年屁股上，罵道：「啥一窩一窩的，兔崽子才一窩一窩的！」

少年捂著屁股惡狠狠地道：「就是兔崽子！驍騎營的兵痞都他娘的是兔崽子！」

壯漢嘆道：「行了，軍侯命咱忍著，咱就忍著吧。」

少年憤憤地站起。「驍騎營天天罵營，還忍？」

「你以為他們不惱火？驍騎愛馬如命，那野馬王偏偏在咱營裡，他們不敢硬闖，除了罵罵，還能幹啥？」

「我呸！那野馬王是跟著咱們從關外回來的，搶不著就罵，不是欺人太甚嗎？」

「都督回來了，興許他們就收斂了。」

「那都督啥時候回來？」

「聽說湖冰融了就回來。」

「行！」少年轉身就走。「明天咱去刨湖冰！」

漢子樂了。「湖水還冷著呢，練啥兵？聽陌長說，都督少說還得一個來月才能回來。」

「那湖冰刨開後，全軍都到水裡潛著得了！」

「為啥？」

「裝王八！」少年高喊一聲，話音剛落，忽然被人一把捂住了嘴！

少年一驚，還沒回神就挨了一記手刀，登時兩眼一翻，暈了過去。

劉黑子就地將人放倒，一抬頭，石大海也得了手。兩人將少年和漢子扛進林中，回來時提著兩個腰牌。

暮青接來一看，是南大營的。她將腰牌遞給劉黑子和石大海，那兩人與他倆身形相像，且劉黑子正巧要去南大營。她下令先不動那輛泔水車，四人潛入林中，繼續隱蔽。

過了會兒，一輛糞車趕了出來，見泔水車擋了路，兩個兵上前察看之時，車轅上忽然多了道人影！

兩人還沒回頭，便被人劈倒，劉黑子和石大海將兩人往泔水車上一放，趕著馬車到了林子裡。

這兩個兵是北大營的，月殺挑了個高的，暮青挑了個矮的，四人扒了這些兵的軍袍，就地換衣。

大澤山中有狼，劉黑子和石大海將這四個倒楣兵綁到離地半丈的老樹枝上，隨後查看了一下軍容。衣袍還算合身，只是月殺高，袖口褲腿瞧著有些短，幸好有袖甲和春靴在，破綻不太明顯。

於是，暮青和月殺推著糞車，劉黑子和石大海推著泔水車，一前一後出了林子，順著山路走了小半個時辰便望見了軍營。

西大營的側門開著，兩旁有守衛，牆上砌著洞，有重弩對著營外。四人戴著面罩，暮青和月殺推著糞車在前，到了門口便要解腰牌。

一個守衛捏著鼻子催促：「快走快走，熏死了！」

這是連腰牌都不看的意思。

可暮青已經將手放到了腰間，她暗道不妙。守門的不看腰牌，想必以前也是如此，那她解腰牌的動作恐怕要惹人懷疑。

眼見著守衛露出了疑色，暮青機警地把手往腰間擦了擦，就像手上沾了糞水一樣。

「你這小子也不嫌臭！」守衛揮了揮手，趕蒼蠅似地道：「快走快走！」

暮青和月殺推著車就進了軍營，劉黑子的腳有些跛，過營門時咬牙忍著，愣是沒露出破綻。

泔水車是南大營的，糞水車是北大營的，可暮青和石大海卻要一個往東大營去，一個留在西大營，因此四人將馬車往前趕了一會兒，石大海便忽然抱著肚子道：「娘的，今夜吃壞啥東西了？老子去趟茅房。」

暮青也道：「我也去。」

「你這小子也拉肚子？」

「抖尿！」暮青在軍中待過半年，粗話說起來溜得很。

「行行行，那快走。」石大海勾住暮青的肩膀，哥倆好的往茅房去了。

「我先回營，你小心別掉茅坑裡！」劉黑子學著那少年的德行喊了聲，便推著泔水車往南大營走了。

月殺見暮青順利進了茅房後，推著糞車往北大營去了。

茅房裡，石大海放下手，瞥了眼暮青的臉色。月光從小窗外灑進來，照見一雙冷若寒星的眸。

石大海知道，那守衛的屁股要倒楣了，不是鞭子就是軍棍！

石大海要等其他人先得手才能行動，因此只需裝拉肚子蹲在茅房裡就行。

暮青對石大海說了句見機行事，隨後出了茅房，假裝要回南大營，路上留意著望樓上的崗哨和巡邏哨，走到二營附近時往一座營帳後一避，便躲進了望樓崗哨的視線死角。

水師到了盛京後改成了大帳，一什一帳，夜裡除了有巡邏哨，帳外還有看守，以防士兵出帳。

一個營的編制是兩千五百人，有兩百五十座營帳，營地甚廣。正如韓其初所言，西大營二營的夜防最為疏漏，不少值夜的在打瞌睡，有的乾脆倚著帳子睡覺，暮青一路潛躲深入，發現有個營帳外甚至連值夜的都沒有。

元修治軍甚嚴，新軍在邊關時，入夜後在營房間穿行者必斬，無軍符腰牌者以奸細論處。沒想到剛到京城兩個月，軍紀竟然鬆散成這樣。

暮青越是深入，心中越冷。她摸到一座營帳後，見望樓上的哨兵要轉身，急忙繞著營帳躲避，一轉頭卻看見一隊巡邏哨正往這邊走來。

前有巡邏哨，後有望樓崗哨，眼看著她就要無處可躲。

月殺有糞車作為掩護，一路順利得多，連水壕都沒淌。水壕是挖在各營區間的壕溝，引水灌入，作用形同護城河，一是為了防止各營之間擅自走動，二是如遇火攻，可防火勢蔓延到其他營區。

水壕間有吊橋，夜裡因有泔水車和糞車通過，吊橋會放下來一座，月殺趕著糞車一路無阻地進了北大營。

北大營乃前營，夜防嚴密，路上經過的巡邏哨見月殺獨自推著糞車，都查看了他的腰牌，但無人認出他不是腰牌上的人。

一個營區萬餘人，各伍輪流運送泔水糞水，大半年也輪不上一回，瞧著都是眼生的。

這支水師終究太新，夜防、崗哨、軍紀、警惕性皆屬下乘，月殺原以為任務有些難度，沒成想如此容易，便趕著糞車到了一間偏僻的茅房外；剛停下糞車，想摸潛深入，便看見一隊巡邏哨走了過來。

巡邏的見趕車的只有一人，便問道：「前頭是誰？為何只有一人？」

「那個拉肚子，在西大營等著。」月殺依舊用這套說詞。

這隊巡邏哨為首的是個什長，走到近處打量了一眼月殺，問：「腰牌呢？」

月殺把腰牌一解，遞了過去。

這是他遇到的第五撥查看腰牌的人，但這什長看了眼腰牌，卻仔細打量起他來，越打量眉頭皺得越緊。「你……我咋瞧著你有哪裡古怪？你是一營四屯十伍的，你們伍長和屯長叫啥名兒？」

劉黑子趕著泔水車進了南大營，起初尚能裝腿腳靈便，走得遠了腳踝便疼得厲害，額上漸漸出了層細汗。

「站住！」這時，一隊巡邏哨喚住了他。「怎麼就你一人？」

「那個拉肚子，在西大營的茅房裡蹲著呢。」

「腰牌呢？」

「這兒！」

劉黑子將腰牌遞了過去，巡邏的一抬眼正巧看見他額上的汗，問道：「大冷天兒的，你咋出這麼多汗？」

劉黑子心裡咯登一聲，想起他假扮的那少年的性子，哼道：「一瞧就是沒去後山送過泔水的，要不小爺跟你換換，瞧瞧你出不出汗。」

「嘿！」為首的兵惱了。「你這小子橫啥橫！」

「小爺就這脾氣！」劉黑子一把將腰牌拽了過來。「不服幹一架！」

「幹就幹！」那兵也是個暴脾氣。

劉黑子哼笑道：「幹架可以，不過要是今夜送不完泔水，伙頭營惱起來，不讓你吃飯可別怪小爺。」

「你！」

劉黑子跳到車轅上，笑道：「要打日後再打，別妨礙小爺辦差。」

說完，他駕著馬車就走，正愁找不到藉口在軍營裡駕車，吵這一架也算幫了大忙。

那兵指著劉黑子的背影道：「三營二屯八伍的小子，給老子記住他！明兒去他營帳裡，老子非跟他打一架不可！」

「軍中私鬥是要挨軍棍的。」有人道。

「挨啥軍棍？都督又沒回來！」那兵罵了一句，劉黑子已駕著泔水車走遠了。

他沒將泔水車趕到伙頭營。伙頭營離軍侯大帳太遠，他腿跛，路上容易遇險，因此他駕著車沿著西路而行。

西路緊鄰大澤山，山坡地勢，與望樓間有死角，可尋死角潛入——這是韓其初的話。

西路枯草茂盛，一間茅房建在不遠處，劉黑子將泔水車停到茅房裡，出來後便貓進枯草中，沿著山坡往南大營深處潛去。

他一邊潛一邊數著營帳，待來到南大營中段時，他停了下來。再往前去，就該深入營區了。

他面前十步遠處有一座望樓，底下枯草叢生，足有半人高。劉黑子趁崗哨轉身之際，悄聲潛入了望樓底下，伏在枯草中觀察營區裡的情形，琢磨著該如何潛入。

正在此時，一隊巡邏哨匆匆行來，有人道：「搜營！」

「啥事？」望樓南面，另一隊巡邏的聞聲而來。

「哨子剛剛去茅房，裡面停著輛泔水車，卻不見送泔水的人。一營的黃大頭說他剛見過那小子，那小子說要回伙頭營，怎麼把泔水車停到茅房裡了？這事兒蹊蹺，莫不是奸細混進來了？」

「天子腳下，胡人剛走，哪來的奸細？」

「那小子橫得很，黃大頭查他的腰牌，他差點跟黃大頭幹起來。咱們營裡哪有這麼橫的兵？不會是驍騎營那幫孫子混進來了吧？」

「嘶！稟告上頭了沒？」

「別別！那小子是黃大頭放進來的，他怕挨軍棍，讓兄弟們先幫忙找找，興許是咱們多想了，那小子溜哪兒打諢去了呢？」

「……那行，兄弟們四處搜搜，動靜兒先別鬧得太大。」

一聲令下，巡邏的便開始尋人。

木牆建在山坡上，雜草足有半人高，巡邏兵們拿著刀槍撥拉著找人，劉黑子蹲在十步之遠的望樓底下。望樓是木製車載型的，底下綳著麻繩，並有四輪，劉黑子就蹲在四輪中間的雜草裡，他壓低著身子，緊盯著面前的雜草，屏息而待。

潛伏之時遇敵，不可緊盯敵後，以防遇上敏銳之人。

潛伏之時遇敵，不可戒備緊張，以防氣息外露，被人察覺。

這些是越隊長說的，他都記著。

少年潛伏在草叢裡，巡邏兵離他僅有十步，他不動不看，只聽。聽刀劍撥打枯草的聲音，聽軍靴遠近來去的聲音，聽小將們指揮的聲音。他靴子裡藏著把匕首，卻碰也不碰，殺氣一絲不露。

這時，腳步由遠及近而來，只有一人，方向正朝著望樓！

劉黑子依舊沒動，兩隊巡邏哨共二十人，他特訓了兩個多月，解決二十人沒問題，但一定會驚動崗哨。他身在三營，離軍侯大帳相距兩百多個營帳，此時夜深，大軍睡得正熟，崗哨發現敵襲後，大軍未必能立刻出帳，他趁這個時間可以奔襲四、五十座營帳，隨後便是苦戰了。他未必要趕到軍侯大帳，只需突出重圍，只要能見到軍侯大帳，將火油罐子和火摺子一起扔過去，大帳火起，任務就算完成了。

劉黑子盤算著可行性，腳步聲越近，他反而越不怕被發現了。他自幼靦腆，直到今夜才發現自己竟會如此期盼痛快地打一場架。

可腳步聲卻在離他五步遠時停了下來。

那小隊長壓根沒看望樓底下，他掃視著大營說道：「若真是驍騎營的人潛進來了，目的定是野馬王！野馬王在何處？」

另一隊人道：「在湖邊溜達，晌午還見過。那馬成精了，剛開春兒，湖邊的水草最鮮嫩，牠霸著湖邊，軍中的戰馬只能吃枯草。」

「那就是了，要是有人潛進來，目的不是馬王就是軍機，誰在營邊上待著？人肯定潛入進去了，咱們在這兒搜什麼？」

「也是……」

「那我們去湖邊，你們去軍帳，先看看有沒有形跡可疑之人，弄清楚了再報，免得說咱們謊報軍情。」

「說的是，走！」

兩人說罷，匆匆帶著人往大營裡頭去了。

劉黑子沒想到這也能化險為夷，等到人走遠後才鑽了出來。其中一隊巡邏哨是附近營帳的，他們往軍侯大帳去了，附近的夜防也就空了，他跟在後頭輕而易舉地潛了過去，當見到前方營區的巡邏哨時，閃身躲到了一座營帳後。

「咦？你們怎麼到這邊來了？」小隊長見到隔壁營的人很疑惑。

來人道：「少了個送泔水的小子，兄弟們正在找。」

「報軍帳了沒？」

「這不是正要去嗎？我們先沿路找找，找不著就報軍帳。」

「那快去吧！」

「對了，我那邊就勞煩兄弟們先給照看一下。」

「沒問題！」那小隊長應了，隨即便帶著人往後頭的營區巡邏去了。

這隊人一走，前頭的營防又空了，劉黑子又怒又樂，心道這些自作主張的，等著挨軍棍吧！

他心裡罵著，小心地往軍侯大帳摸去。

暮青在西大營，後有望樓，前有巡邏哨，她無路可退，眼看就要被發現。這時，她掃了眼對面營帳，心頭忽動，就地一坐，低頭抱膝——打盹兒！

望樓上的崗哨幾乎同時轉身，遠眺大營，沒發現什麼。

巡邏哨走來，經過暮青身邊時，隊長咦了一聲：「哪兒來的小子，咋睡在這兒？」

他踢了踢暮青。「哎哎，別睡了，你哪個營的？腰牌瞧瞧！」

暮青被踢了兩下才醒，捂著嘴打了個哈欠。

「哪個營的？咋睡這兒了？」小隊長又問。

暮青迷迷糊糊地轉頭四顧，看向對面營帳時一愣，隨即打著哈欠起身走到對面營帳門口。那營帳的值守不在，她就往門口一坐，抱膝低頭，把臉一埋，繼續睡了。

小隊長愣了半晌，釋然一笑。「這迷糊小子，值個夜也能睡錯地方。」

後頭的兵道：「能出來值夜就不錯了。」

這可是二營，都尉整天嚷嚷著要回西北，對操練懶得很，他都不管手下的兵，巡邏的自然不敢管。

「走走走！」小隊長不再理會暮青，帶著人就往前頭去了。

人走後，暮青抬起頭來，目光冷寒，待望樓上的崗哨轉身後才往後方摸去。一路上，她能躲就躲，躲不過就裝值夜的，如此摸到了東西大營交界的水壕邊上。

沒有掩護，暮青只能下水，她從懷裡拿出藥瓶，倒了一粒藥便服了下去。也就片刻工夫，小腹裡就暖融融的，似被溫泉水浸著，甚是舒服。

暮青顧不得驚嘆鄂女草的藥效，瞅準了前後三座望樓的崗哨視線皆不在水壕裡的時機，從營帳後奔出，順著土坡就滑進了水壕。

一落進去，暮青心中便爆了粗口。

SHIT！

冰！

水壕乃戰備設施，不允許結冰，冬春時節需頻繁巡察，有冰渣就要打撈，確保戰備效果。可開春都半個多月了，她躍下來踩的居然是冰。

而這時，她立在水壕上，似一支箭靶，異常顯眼。

眼看著望樓上的哨兵要轉身，暮青就地一滾，滾入了吊橋下。月光斜照進來，她躲在橋下的陰影裡，匍匐前進。

到了盡頭，頭頂上一隊巡邏哨走過，暮青貼著土坡，屏息而待。待巡邏哨過去了，她才抓住吊橋的繩索躍上了水壕，而後就地滾到了一座營帳後，成功潛入了東大營。

韓其初讓暮青避開章同駐守的營區，暮青卻貓著身子往章同駐守的一營摸了過去。

剛摸到一營邊上，便看見兩隊巡邏哨對面而來，一道人聲傳了過來。

「章都尉，這都下半夜了，還不歇著？」此地是一營和二營的交界處，說話的人是二營的。

「再巡一趟。」章同的聲音有些冷淡。

「再巡天都亮了。」

「無妨，我先走了，你們也加強營防。」章同沒多耽擱，說罷便帶著人走了。

二營的人目送他遠去後才道：「有啥營防可加強的？白天驍騎營來罵，個個都躲著不出，夜裡倒是守得嚴。咱們東大營裡五個都尉，除了他，哪個不是在帳中睡大覺？」

「都尉本來就不用巡營……」一個兵咕噥道。

「你是說章都尉吃飽了撐的？」有個兵氣不過。「知道一營的人為啥都服章都尉嗎？知道操練的時候，咱為啥總幹不過一營嗎？」

「你是說咱們都尉比不上章都尉？」那兵惱了，兩人眼看著要打起來。

「行了！」小隊長喝斥道：「吵啥吵？巡營！」

兩個兵只好閉嘴繼續巡營。

暮青從營帳後出來，直奔一營。一營的夜防確實是最嚴的，營帳的帳門是交叉橫向排列的，每座營帳前有人值守，每隔二十座營帳便有一隊巡邏哨呈縱列巡邏，遠處還有望樓。章同在營防的布置上嚴用了兵法，說連隻蒼蠅都飛不進去那是誇張，至少活人是進不去的。

暮青甚為欣慰，悄悄地退出了一營的營區，回到了二營。

二營的夜防鬆散得多，巡邏哨比一營少了半數。暮青輕而易舉地摸到了都尉營帳附近，從側面忽然現身將值守放倒，把人就地擺成了熟睡的姿勢，隨後潛入了帳中。

都尉睡得正熟，鼾聲打得震天響。此人是西北軍的軍官，新軍雖然改編成了水師，自己的將領卻很少，都尉以上的將領多是西北軍的人。

西北軍的將領們心在邊關，水師一獨立出來，他們便希望回西北。因此對操練、營防等事多不用心，加之天子腳下無戰事，他們入夜後就一個心思——睡他娘的！

暮青摸到榻腳，悄無聲息地摸走了一套軍袍，走之前在都尉的靴子上放了把解剖刀。

她退到帳外，摸到茅房裡，這身軍袍太大，她直接套在了身上。待她從茅房裡走出時已搖身一變，成了都尉。

東大營裡有五個都尉，無人不識，暮青專挑暗處走，看見巡邏的就從營帳間插過去，巡邏的見是都尉，都不敢來查，只是覺得奇怪，除了章都尉，這又是哪一位夜裡不睡覺？

暮青大搖大擺地朝著軍侯大帳走去，帳外守衛森嚴，四面八方都有親兵值守，她直接走了過去。

暮青走向軍侯大帳時，一隊巡邏的在二營都尉的營帳外發現了被打暈的兵。起初他們以為那兵睡著了，踢了兩腳後，人直接倒在了地上。

心驚之下，那隊巡邏兵闖進了營帳，被吵醒的都尉發現靴子上放著把刀，一口涼氣提到了喉嚨兒。

刀的樣式似在哪裡見過，思來想去，都尉露出了不可思議的神色。

「去把章都尉請來！」他不確定這刀是不是那位的，但想來章同會認得，畢竟他和那人曾是同伍。

章同很快就趕了過來，見到刀便僵住了。

「哪兒來的？」章同三步併作兩步，一把將刀搶了過來！

「老子咋知道！」二營的都尉臉色難看。「老子睡得香，正夢見和婆娘在炕上親熱呢，這群小子就進來說值夜的被打暈了，老子要下地查看，這刀就他娘的擱在老子的靴子上，差點割了老子的腳！」

章同又驚又喜——是她，不會有錯！

他轉身就往外走，像個癲狂的人四處找尋，卻忽見軍侯大帳的方向火光沖天！

時辰往前一刻，暮青到了軍侯大帳外。

帳外三丈，見人行來，親兵執槍一指，喝問：「何人！」

暮青只往前走，火油罐子已在手中。

月落寒山，營火煌煌，少年的臉看不真切，親兵們卻看得清那身軍袍。

「原來是都尉。」親兵們收了長槍。「深夜來此，可有要事？軍侯已經歇息了。」

暮青在營火旁停下，火盆架子遮了她的半張臉，一半晴一半陰。

親兵們剛放下的心又提了起來，舉起長槍指向暮青。「你是何——」

話未說完，只見來人忽然將一物往火盆架子上一砸，抬手一拋！親兵們仰著脖子，眼睜睜地看著那東西砸在軍侯大帳頂上，啪的碎開，夜風一吹，聞著像是火油。

親兵們大驚，但已晚了，一只火摺子拋過他們的頭頂，火星飛濺，如星子落入人間，忽然燎原！

大火吞噬了帳頂，剎那間火光沖天，帳簾刷的被掀開，裡頭衝出一人，兩眼發紅，殺氣如虎。「娘的！誰敢偷襲水師大營？誰敢火燒大帳？」

那人虎背熊腰，聲如洪鐘，不是別人，正是暮青新兵時的陌長，如今東大營的軍侯——老熊。

老熊此刻又驚又怒，驚的是東大營被三大營包圍，後依大澤湖，最難摸進來，為何會有敵襲？怒的是堂堂軍侯大帳竟被人潛進來一把火燒了，夜防的人都在幹啥？

親兵們這才反應過來，紛紛提槍將襲營之人圍了起來。

老熊看清襲營的居然只有一人，差點背過氣兒去——一個人能潛進水師大營來？一個人敢燒軍侯大帳？

「押過來，老子倒要看看他是誰！」老熊一聲令下，親兵們提槍一送，戳向暮青腰間。

槍還沒戳上去，暮青便往前走了一步，走到了月光下。

「我！」

少年的眉眼上似結了層冰霜，沖天的火光也燒不化，那眉眼甚是平常，卻是水師將士們銘記在心的容顏。他是西北新軍的精神領袖，是江北水師的都督，他在五萬水師心中是神一般的存在，他之於江北水師如同元修之於西北軍。

哐噹幾聲，不知是誰的槍掉了，老熊的眼珠子差點瞪出來。

大帳燒得劈里啪啦的，親兵們驚聲迭起好似一臺大戲。

「都督！」

時辰再回溯，月殺在北大營茅房前。

「你們伍長和屯長叫啥名兒？」那什長打量著月殺。

「伍長和屯長？」月殺笑了，笑得有點冷，有點涼。「區區伍長、屯長，也使喚得動我？」

那什長沒想到月殺會說出這麼一句來，愣神兒的工夫，忽見月殺凌空掠起，鷂鷹般在他們頭頂一旋，人落地時，十人已倒。

月殺連將人拖進茅房都懶，此地偏僻，等到北大營的人發現少了巡邏哨並找來時，他也該得手了。

他負手遠望，看準了一座望樓，足尖一點，飛身而去。圓月當空，人如蒼鷹般無聲無息掠向望樓，落地之時，崗哨已倒。月殺在望樓上負手遠眺，看盡北大營的營帳排列、巡邏布防。

只見營邊一處山坡上坐著個人，手裡抱著只酒罈子，邊喝邊唱：「山河烽煙起，將士辭爹娘，披甲赴關山唷嘿，鐵血兒郎！大漠沙如雪，忠骨無家還，手提胡頭迎凱旋唷嘿，去他娘的議和！」

最後一句一聽就不是原詞，馬都尉唱罷，卻喊一聲痛快，仰頭對月，舉罈喝水。

喝著喝著，忽見一人自皓月中掠來，快如黑風。馬都尉噴出一口水，水沒噴到來人身上，罈子卻裂作兩半，水澆了他一臉。他胡亂一抹的工夫，喉嚨被人扼住，頭頂傳來一道話音。

「不懂音律就別瞎號。」那人說著，手起手落，馬都尉兩眼一黑便暈了過去。

月殺大步下了山坡，又掠進剛才的望樓裡，沿著望樓解決崗哨，一路走高，不多時便見到了軍侯大帳。

這任務真沒難度。

他立在望樓上，如同崗哨一般，遙望著東大營，等。

那女人不會輕功，又沒泔水車掩護，他等她半個時辰，東邊若無火起，他就燒北大營，讓水師大營裡先亂起來，好讓她趁亂行事。

但他並沒有等上半個時辰，至多兩刻鐘，東邊先有星星之火竄起，不一會兒便火光沖天。

月殺挑了挑眉頭，這比他意料中的快了許多，不是營防太差，就是她是個當刺客的好苗子，可惜學武晚了。

這時，北大營已被東邊的火光驚動了。

「啥情況？咋會走水？」

「是不是伙頭營？」

「伙頭營哪是那方向？那方向……娘咧，好像是軍侯大帳！」

「啥？」

「敵襲！」

不知誰喊了一句，北大營頓時就炸了，馳報軍侯大帳的、鳴鐘示警的、睡得迷迷糊糊跑出營帳查看的……望樓底下來來去去的都是人，亂得不成樣子。

月殺拿出火油罐子一捏，抬手便往軍侯大帳上拋去！

火油罐子砸中帳頂，帳簾被掀開，軍侯莫海聞見火油味兒頓時一驚。「不好！」

但是晚了。

一只火摺子從他頭頂上飛過，大帳霎時火光沖天，情形猶如東大營。

往東大營方向探頭探腦的兵們一回頭，脖子差點扭了——咋咱們大營也燒起來了？有敵襲？在哪兒？

火勢有多烈，莫海的臉色就有多臭，他望向望樓，親兵們這才知道人在望樓上。

可是……似乎只有一人！

莫海搭弓拉弦，箭去如風——管他是誰，射下來再說！

望樓上的人飛身而起，腳尖在箭頭上一點，那箭扎在地上，親兵們的槍還沒舉起，那人就已落在了莫海面前，手中亮出一物，抵著莫海的鼻頭。

莫海眼如鬥雞，抓過那東西，低頭一看，傻眼了。

腰牌！

江北水師都督府，親衛長！

東大營火起之時，劉黑子剛潛進軍侯大營附近的茅房裡，隔著小窗看見火光，不由佩服。

都督好快！

「敵襲！馳報軍侯！快！」南大營的人被驚動，茅房外一撥一撥的人往軍侯大帳奔去。

劉黑子從茅房裡出來，見四面是人，他便跟在人後跑。沒跑幾步，北大營火起，營區裡頓時更亂。

軍侯大帳外，盧景山提槍而出，望著東北兩座大營，眼裡竄著火苗。

夜風送來了火油味兒，盧景山猜測著何人敢燒營。想著想著，忽覺不對，猛地轉身——那兩座大營離得遠，火油味為何這麼濃？

一回頭，他便看見帳前的親兵、巡邏兵都在望著東面和北面，只有他在大帳門口，周圍已無防守。他心裡咯登一聲，一槍送進了大帳！

紅纓槍從大帳這頭兒射入，從那頭兒穿出，剛猛的內勁將大帳撕出兩個洞，大若人頭。洞後探出一張黝黑的人臉，對盧景山咧嘴一笑，隨即往後一仰！

火苗呼的從帳後竄起，盧景山奪下一個親兵的刀便衝向帳後，親兵和巡邏兵們慌忙圍殺過去。

帳後早沒了人，那放火的小子奔出老遠，眾人望著他的背影，都愣了。

那人是個瘸子！

一個瘸子敢潛入水師大營？敢火燒軍侯大帳？

這小子是啥人？

劉黑子停在遠處，揚手一拋，盧景山一把將那東西接住，低頭一看，也傻了眼。

腰牌！

江北水師都督府，親衛！

東大營火起時，石大海也從茅房裡奔出來，一樣跟在巡邏兵後頭跑。他一直在茅房裡蹲著，蹲得腿都酸了，熏得好幾回都想出來，但想到暮青讓他忍耐，這才忍了這麼久。可是，他忍是忍下來了，卻離軍侯大帳很遠，待他趁亂跑到帳前時，北大營、南大營都已起了火。

三座大營都起了火，燒的都是軍侯大帳，西大營的軍侯侯天是個猴兒精似的人，他命人將軍侯大帳圍得嚴嚴實實的，一邊派人去探那三大營的情況，一邊嚴防有人燒自己的大帳。

石大海心中一動，遠遠的便喊了起來：「報——」

一聲長報，未至近前，他便被親兵給攔了下來。

「何人來報？」

石大海把腰牌遞給那親兵，就地一跪。「報軍侯！俺們剛剛運泔水到後山，發現咱們的人被打暈綁在樹上，泔水車和糞車都不見了，怕是有奸細混進來了！」

眼下這情形顯然是有人混進來了，侯天想來想去，覺得只可能是他這邊的疏漏，石大海的軍報並不讓他意外。他接過腰牌一看，瞇起了眼。「你是南大營的？」

「是！」

「那為何來西大營報信？」

「啊？」石大海一臉愣怔，理所當然地道：「這不是離得近嗎？南邊的大帳都已經燒起來了！西大營離後山近，俺當然來軍侯這兒了。」

「泔水車不是兩個人送？為何來報信的只有你一人？」
「俺們兩人分頭報信。」
「那你們看見的人在何處？」
「在後山泔水坑不遠的林子裡，人給綁到樹上了，衣裳也給扒了！」
侯天聞言走近前來端量石大海一陣兒，回身命令：「你們去後山看看。」
可就在他回身的一瞬，石大海忽然往旁邊一滾，摸出火油罐子就地一砸！他天生力大，那罐子在他掌下一拍就裂，侯天回頭時，石大海已將火油潑到了軍侯大帳上，一扔火摺子，大帳頓時燒了起來。
侯天雙目燒紅，拔刀就要挑了石大海。石大海哈哈一笑，往地上一坐，拿出腰牌掛到刀上，侯天收刀一看，兩眼發黑。
石大海又從懷裡摸出一物來，見者無不色變。
虎符！
見虎符者，如見將帥！
侯天率親兵和巡邏兵們跪地便拜。
石大海起身，高聲傳令：「奉都督軍令！西大營軍侯及都尉，即刻到中軍大帳拜見，不得有誤！」

四座軍侯大帳都燒起來的時候，北大營轅門前官道上，一人策馬奔來。

望樓上的崗哨見人喝道：「來者下馬！」

韓其初勒馬卻未下馬，高舉大印道：「江北水師都督府親衛韓其初，奉都督軍令而來，大印在此，命你等打開營門，不得有誤！」

轅門打開一條縫兒，一名小將來到韓其初面前接過腰牌，又將大印對著火光一瞧，急忙開了轅門。

韓其初策馬進營，舉著大印問道：「傳令官何在？」

「韓大人請稍候！」小將抱拳一應，便去找人。

過了會兒，一人背月飛踏而來，衣袂舒捲風流，落地行來，腳下無聲亦無腳印，若非營火照得出人影，真要叫人以為是鬼魅。

魏卓之悠然一笑，風流天成。「見過韓大人，不知都督有何軍令？」

韓其初道：「都督今夜回營，奇襲四路軍侯大帳，現已在中軍大帳之中，特命除巡營值守外，全軍回帳！擅出者，斬！妄議軍情者，斬！散播謠言者，斬！」

三聲斬令，一聲比一聲高，聽得轅門的兵大氣都不敢喘。

「領命！」魏卓之笑得幸災樂禍。這兩個多月，他暗中替某人辦事，腿都快跑斷了，這兩天剛回來，聽說她在京中辦案，就知道她一回來準有好戲看。

魏卓之飛身而去，前往各大營傳令止亂。韓其初收起大印，下馬步行，往中軍大帳而去。

中軍大帳設在東大營，東大營前有三大營拱衛，後依大澤湖之天然屏障，從兵防上來說都最為安全。但正是這最安全的東大營，最先被人燒了軍侯大帳，動手的不是別人，正是暮青。

暮青還在軍侯帳外，章同趕到時，三面大帳已經火起，她背襯著熊熊火光，面寒如霜。

老熊見到章同如見救星，忙跟他打眼底官司。自從這小子亮明了身分，渾身就跟長了刺兒似的，怪不得大將軍說他是屬毛蟲的，他還想問問他為啥要燒大帳呢！

章同望著暮青，兩人隔著十步遠，卻似隔著不可逾越的千山萬水。

妳來了……

他想如此說，卻終究沒有說。

「都督回來了？」章同聲音平靜，她沒回來時，他天天數著日子；她回來時，他驚喜成狂；見到她時，他卻只有平靜。不是想要平靜，而是必須平靜，一聲都督不是與她生分了，而是必須如此稱呼。

水師五萬大軍服她，西北軍的老將們可未必。

在西北時，老將們喜愛她是出於愛屋及烏，可如今水師不再隸屬西北軍，老將們的心卻在西北，她今夜奇襲大營，老將們必會要求她給個解釋。眼下正在服眾的緊要關頭，他必須要尊她為都督，站在她身旁。

「這可是都督之物？」章同伸出手來，掌心裡攤著把解剖刀，熊熊火光照亮了那隻武者的手，老繭密布，甚是粗糙。

暮青望著那隻手，眼裡融著暖意，聲音卻是冷的：「這刀不是給你的，我放在誰帳中，就讓誰給我。」

暮青說罷就朝中軍大帳而去。「命軍侯和都尉到都督大帳集合！」

第四章

立威特訓

中軍大帳中，將領們到齊之後，一起回來的月殺、劉黑子和石大海站到了暮青身後。

「敢問都督，回營為何不派親衛通傳，為何要火燒我等的大帳？」先質問者是南大營的軍侯盧景山。

老熊捏了把汗，他是周二蛋當初的陌長，共過生死，自是親厚些，但其他三大營的軍侯卻跟他沒這情義，今夜只怕不好收場。

暮青高聲喝道：「劉黑子！」

劉黑子抱拳上前。「在！」

「告訴他，我們今夜來了幾人？」

「四人！」

「水師大營有多少人？」

「五萬！」

劉黑子扯著嗓子喊，才喊了兩聲就讓將領們臉上燒紅。

「四個人潛入五萬大軍中燒了軍侯大帳，有誰能告訴我，這說明了什麼？」

暮青掃了眼眾將領。「說明不是我們太強，就是你們太爛！」

將領們皺了皺眉頭。

暮青喝道：「劉黑子，如何潛入的，說給他們聽！」

「是！」劉黑子高聲道：「西大營側門，進營無需腰牌！南大營一營，查疑不嚴，知情不報，二營擅斷軍情，私自調崗！」

「石大海！」

「在！」

「如何潛入的，說！」

「是！西大營巡防不嚴遇事慌亂，軍帳火起後俺壓根就沒躲沒藏，跟在亂兵身後跑到軍侯大帳的。」

「越慈！」

「在！」

「說！」

「北大營夜防不嚴遇事慌亂，一營的馬都尉深夜不眠，飲酒高歌，誘敵當靶，蠢不可言！」

「馬都尉現在何處？」

「山坡上暈著呢。」

「帶來！」暮青一聲令下，石大海得令而去，一掀簾子，韓其初正走到門口。

「來得正好。」暮青對韓其初道：「你是從轅門進來的，一路所見說給他們聽。」

「是！學生進營之時四面火起，前營隨處可見亂兵，奔走傳遞軍情的、紮堆議論夜襲的、忙亂不知所措的，營中亂如市井，毫無軍紀可言。」

暮青掃了眼眾將，問：「都聽見了？」

四個軍侯臉色通紅，全都抬不起頭來。

「沒聽夠的話，我這裡還有。」暮青看向侯天。「西大營二營，帳外無人值守的，值守時睡覺的，巡邏哨見之視而不理的，一路所見，真讓人大開眼界。」

「東大營二營都尉，夜眠時毫無警惕之心，睡夢中取你首級如同探囊取物！」

「東西大營戰壕裡的水竟然是冰！你們是西北軍的老將，允不允許戰壕結冰、如何鑿冰化水，你們不知道嗎？」

「我知道你們都想回西北，但你們有臉回去嗎？你們有臉回去說你們鎮守的大營夜裡被人給燒了，有臉說你們戍邊多年，不知戰壕如何鑿冰，不知營防如何布置，不知突遇敵襲如何止亂？有臉說你們拿著水師的俸祿，幹的是得過且過的日子嗎？看看你們的樣子，還不如年輕的將領！知道我今夜只有一個地方進不去，是哪兒嗎？東大營一營！」

暮青指向章同，老將們面色漲紅，喘氣如牛，卻沒臉反駁。

中軍大帳內的氣氛陷入了死寂，誰也不知過了多久，帳外傳來一聲長報，馬都尉被帶到了。

一進帳，馬都尉便跪拜道：「都督！」

「你在西北邊關時，夜裡也飲酒高歌嗎？」暮青問，見馬都尉沒臉答，她起身就往外走。「想高歌的可以回西北高歌，想戍邊的可以回西北戍邊，但走之前，你們依舊是江北水師的將領，犯了軍紀就要領罰！明日沙場點兵，領了軍棍再走，不服氣的可以不來，我傳個信給元修，明日鑼鼓開道，把你們領回去。」

說罷，暮青已出了大帳，帳外冷風習習，天已矇矇亮了。

四營軍侯過了半晌才出來，怕了暮青似的，抱拳道：「明日沙場，聽候都督發落！末將告辭！」

暮青沒吭聲，眾人一一行了禮才離開。

章同留了下來，人都走遠了，他卻不說話。

暮青道：「有話就說，我還指著你日後挑大梁，別婆婆媽媽！」

章同聞言一笑，嘴上卻道：「誰要給妳挑大梁？妳只是如今混得比我好，日後我必定比妳官職高。」

暮青沒答腔，章同沉默了一會兒，問：「明天真要動軍法？」

「軍中無戲言，不然呢？」
「老熊也要打？」
「打！」
章同道：「自從新軍改編成水師，老將們就都想回西北。這兩個月來，營中的都尉常常到老熊的軍帳裡，望他能率眾表辭。老熊其實也想回西北，但他沒同意，他說……他們都走了，水師的將領誰來任？五萬大軍皆是新兵，培養好苗子需要時日，這青黃不接的時候他不能走。此人重情義，妳若能想辦法將他留下自是最好。」
「那要看他能不能過得了練兵那關。」暮青道。老熊的人品她信得過，他若想走，她不攔他，但他若留，得看本事。
「妳是說他不識水性？」
「不僅如此。」暮青轉過身來，眸似星子，燦亮得耀眼。「全軍操練，將領與兵丁一同受訓，我要一支耐力、體力、作戰能力及心理素質皆在上乘的強軍，我要從五萬大軍裡練一支特戰軍。」
「特戰軍？」章同驚詫了。
暮青點頭，她並非軍人出身，但在國家安全系統任職，沒吃過豬肉，也見過豬跑。所謂的特戰軍，不可能像現代特戰軍人那樣強，但必定會成為這個時代的先驅。
嚴兵嚴將，世上無難事，她想試一試。
但在試之前，她有一事要做——立威。
西北軍的將領心不在水師，她早有所料，所以才有了今夜的奇襲。她想藉機立威，這只是第一步。

水師有四座大營，每座大營都建有校場，四方大營中央建有沙場。沙場平闊，清風肅穆，萬軍列陣，一起望著點將臺。
臺上立著位少年將領，雪豹銀冠，白袍銀甲，髮如戰旗，英姿逼人。
點將臺下，四位軍侯赤膊而跪，其後縛有都尉七人、兵丁五百，皆是昨夜疏於營防者。
水師自從成軍起，從江南到西北，從西北到盛京，從未有人被軍法處置，今日是第一次，四位軍侯皆在其列。
萬軍寂寂，點將臺前黃沙走地，殺機肅穆。
「報——」

一名小將奔來稟報：「報！鎮軍侯、平西將軍、安西將軍正在轅門外，請見都督！」

元修、王衛海和趙良義來了。

暮青並不意外，昨夜的火一燒起來，應該就燒進盛京城裡了。「來得正好，見！」

「是！」小將得令而去。

「報——」小將剛走，又來一人。「報都督！龍武衛大將軍、驍騎營將軍求見！」

「不見！有臉？」暮青怒笑。

「是！」

「報——」急報又來。「報都督！都督府裡來人送您的衣袍等物，名叫崔遠，已在轅門外。」

「讓他隨鎮軍侯一起進來。」

「是！」

三撥馳報，來得快去得也快，盧景山、莫海、侯天和老熊臉色灰黃。他們都知道昨夜鬧到了什麼時辰，暮青不可能連夜派人去將元修請來，只可能是大將軍得知了消息後一大早趕來的。

元修來得很快，望見點將臺下跪著的舊部，朗朗眉宇鎖盡深沉。老熊等人垂首閉眼，羞於抬頭。

暮青負手而立，石大海搬來把椅子放在了點將臺一側，元修上臺入座，一言不發。

王衛海和趙良義站到元修身後，瞪著老熊等人，恨鐵不成鋼。

都督府的馬車停在點將臺後側，少年書生眼裡隱著奇光。暮青沒安排他的座位，他便坐在車轅上看著沙場。

人都到了，暮青掃了眼黑壓壓的大軍，揚聲道：「很疑惑我為何會突然回來，為何回來前不命人迎接，為何會火燒軍侯營帳？」

少年都督的聲音清冽，沙場四周佇列都聽得清楚，一時間，口口相傳，大營四面低音如浪。

「幸虧我突然回來了，不然還不知軍中是這副熊樣子！」暮青高喝一聲，驚了前方傳話的，音浪忽停，萬軍抬頭，望向臺上。

「知道驍騎營為何敢來罵營嗎？罵就對了！兵慫慫一伍，將慫慫一軍！瞧瞧下面綁著的這些！軍侯都尉帶頭不遵軍紀，嚴軍之相蕩然無存，難怪別人敢罵到營門前來！」暮青聲如春雷，看向韓其初。

韓其初拿出張軍令遞給了魏卓之，魏卓之接過軍令，心底悲嘆，他可真是少主的身子跑腿的命。他當初從軍一是應承某人來護著媳婦兒，二是混一個軍中的身分好掩護他辦事，三是出於私人的一個目的。可來了盛京後，他幾乎夜夜出營辦事，私事壓根兒就沒時間辦。

魏卓之咳聲嘆氣，揚聲開念：「西大營營門，進營者不查腰牌，犯怠軍之罪，罰軍棍一百！」

此聲如在耳畔，大軍聽了無不吸氣。軍棍之厲，輕者皮開肉綻，重者終身殘廢一命嗚呼，一百軍棍，等同於杖斃。

「執法軍！」暮青道。

「在！」章同得令而出，麾下的兵丁從赤膊受縛的五百兵丁裡拖出兩人來！兩人喊：「都督饒命！」

暮青不理，執法兵將兩人剪臂按在地上。

魏卓之繼續念：「西大營二營，夜間帳外或無人值守，或就地瞌睡，犯慢軍之罪，罰軍棍五十！巡邏哨見之不理，犯怠軍之罪，罰軍棍五十！二營都尉治軍懶怠，罰軍棍一百！」

「南大營一營查疑不嚴知情不報，犯怠軍之罪，罰軍棍五十！二營擅斷軍情私自調崗，犯惑軍之罪，罰軍棍一百！一營、二營都尉罰軍棍五十！」

「北大營一營都尉馬倉深夜不眠飲酒高歌，犯亂軍之罪，罰軍棍一百！」

「東大營二營都尉伍常開夜眠不醒毫無警惕，罰軍棍二十！」

魏卓之邊念，執法兵邊將人往外拖，待他念罷，五百人已被分批拖出，點將臺下只剩四位軍侯。

「軍侯盧景山、莫海、侯天、熊泰，縱容軍心，營防懶怠，遇襲反應遲緩，致使全軍奔走，妄議軍情，營防大亂。罰軍棍兩百，即刻行刑！」

執法兵聞令上前，將四人按在了地上。

「慢著！」這時，西大營二營的都尉仰頭怒道：「都督罰打軍棍兩百，不如直接把人拉出去斬了，斬人不過頭落地，將人杖斃未免狠毒！」

暮青聞言躍下點將臺，走向那都尉。「你可知道，他們為何要受軍法處置？因為你們！因為你們不想留在水師，他們顧及你們的情緒，縱容你們懶散，致使全軍都跟你們一個德行！」

「那末將願替軍侯領罰！」

「你願？你願有個屁用！你願回西北軍，你便懶怠營防；你願替軍侯領罰，我便要讓你領？不是你太把自己當回事，就是這些年的兵白當了！事事都要依著你，不然就撂挑子鬧情緒，那還當兵幹麼？不如脫了這身軍袍回家去，自有老娘願意事事依你！」

那都尉的臉燒紅如火，其餘想求情的頓時閉了嘴。

魏卓之搖了搖頭，有段日子沒見，她那張嘴還是那麼厲害。

「該幹正事的時候鬧情緒，該受罰的時候逞英雄，這是軍人？兵痞！」暮青回到點將臺上。「此乃軍營，軍隊乃是國之利器，軍紀不嚴，無以為軍。我不需要把情義看得比軍紀重的兵，我需要的是視軍紀如鐵的兵，你們可以說我鐵面無情，但我能讓你們成為一支鐵軍，成為一支鬼軍，成為一支無人敢犯、絕無僅有、戰史裡盡是傳奇的水師！」

話音落下，元修望著暮青的背影，眸中似有異光。

駱成坐在車轅上，忍不住要吹口哨。

軍中竊竊之聲如浪，五萬將士望著點將臺上的少年，曾經的江南新軍，如今的江北水師，在大興的軍隊編制裡一直都很尷尬。在西北時，他們因來自江南，在軍中如異鄉之客般難以融入。到了盛京，新軍改編成水師，可江北山多水少，建國以來從無水師，他們又成為了一支只能在湖裡練兵的水師，自個兒都覺得是個笑話。

一支地位尷尬前途渺茫的大軍，沒有希望，沒有信仰，莫怪軍侯都尉們想回西北，連他們自己都沒有信心。

他們都是貧苦人家的兒郎，無以謀生才來從軍，一支鐵軍，一支鬼軍，一支無人敢犯、絕無僅有、戰史裡盡是傳奇的水師，真的可以嗎？若有一日衣錦還鄉，他們真的能挺起胸膛對爹娘和妻兒說，他們是江北水師的兒郎？

五萬大軍望著點將臺，眼裡似有一團火，燒得心熱。

「錯有罰，功有賞，不問出身，兵丁裡亦可出將軍，這是我給你們的公平！今日之罰，受罰之人所犯軍紀已明，所罰之數皆出自軍規，求情不受！替罰不准！執法軍！」暮青高喝一聲。

章同率麾下兵勇齊聲喝應，聲勢如雷！

「打！」一聲軍令，軍侯在前，都尉兵丁在後，一起被按伏在地，褲帶一解，褲子一扒！

元修眉頭一鎖，魏卓之一笑，駱成吹了聲口哨。

只見沙場之上，五百多隻屁股，白花花一片，大白饅頭似的，場面壯觀。

執法兵手執軍杖，一人數數，一人行刑，杖聲震耳。

元修雙拳緊握，抿唇如刀，卻端坐觀罰，一言不發。

十杖膚紅，二十杖膚腫，三十杖過，受刑之人屁股上已見了血，白花花的一片成了血淋淋的一片，四、五十杖後已是皮開肉綻。

軍侯和都尉們咬著牙不肯出聲，杖數越打越高，大軍的心越提越高，熱血沒了，只剩凜然。

四位軍侯伏在地上，屁股打爛了打背，麻繩縛在背上，磨得血肉橫流。王衛海和趙良義不忍看，元修看到最後，一句求情也無。

待軍杖打完，沙場上腥風濃郁，黃沙一揚，漫了天。

暮青命人將受罰者抬入醫帳，擔架一架一架的來，一架一架的去，待沙場上空了出來，唯有地上的血提醒著方才的慘烈。

「不要以為這樣就罷了。」暮青道。

這意思是還要罰？

魏卓之面生出憂色，這姑奶奶……法不責眾，當適可而止。

韓其初也如此認為，但他深知暮青並非鬥狠之人。若是，今日行刑過後就該死一半人——都督說要打軍棍，執法軍用的卻是軍杖，看著慘烈，實則只傷皮肉不傷筋骨，否則哪有人受得住兩百軍棍？都督只是要正軍紀，責眾必是心有盤算。

王衛海和趙良義急了，沙場罰將，為的就是殺雞儆猴，如今雞殺了，猴看了，目的已經達到，何必還要打猴？打出眾怒來，可有譁變之險。

元修面沉如水，他們不懂她，他以前也不懂，直到前日望山樓裡勸她不動，他才懂了她的心堅如石。心堅之人不會鬥狠，今日沙場罰將本是殺雞儆猴，她卻殺罰之前先安了軍心，寥寥幾句便讓軍心凝聚，士氣高漲，行刑場面慘烈卻沒有打怕軍心，沒有打散熱血，只這一言一行牽動軍心的能耐，她就足以擔任一軍主帥。

她不再是新兵，不再是那個他誇讚賞識的小將，從他知道她奇襲回營，燒了軍侯大帳開始，他就知道她已長成。

阿青，妳已長成，可我寧願妳心如當初，妳如今所做的一切，都不是為我……

其實也無妨，人生在世終有一爭，鹿死誰手猶未可知。

日頭高升，男子沐著日輝，眸光烈如白電。

暮青揚聲說道：「你們不是想懶嗎？我讓你們懶個夠！自今日起你們可以懶而不受罰，早操不出，夜裡不防，隨便你們！我放你們的假，假期一個月。」

此言一出，大軍瞠目。

這是想幹啥，無人知曉，只知全軍休假一個月成了軍令，違令者軍法處置。

這事兒可真新鮮！

大軍撤出沙場回營後，休假之事就在軍中討論開了。暮青命駱成到中軍大帳卸行李，元修帶著王衛海和趙良義去醫帳看望傷兵。

到了醫帳營區時，帳四周住著的都是西北軍的將領，見元修來了，忙斂態行禮，臉色都不好看。

「大將軍，周二蛋那小子也忒狠了！」一個都尉罵道。
元修一腳就踹了過去。「你們疏忽營防還有臉了？」
那都尉捂著屁股奔遠，又捂著屁股奔了回來，委屈地道：「這也不能全怪兄弟們，誰料到新軍能改編？兄弟們都想著西北，哪有心思待在水師裡？」
元修又是一腳。「怎麼？少你們的軍餉俸祿了？」
那都尉被踢毛了。「俺們寧願不要這軍餉俸祿，也想當大將軍的兵！」
「滾蛋！」元修拂袖罵道：「西北軍裡沒你們這樣目無軍紀的兵！這些事若是在西北軍裡，你們說說，該如何處置？」
眾都尉乾笑一聲，眼神閃躲。
元修道：「昨夜混進來的若是敵軍的奸細，你們這幫人都該拉去沙場，斬立決！」
都尉們蔫頭垂腦，混進來的也不是敵軍啊……
「不是敵軍，你們就有理了？」元修一眼就看穿了舊部們在想什麼。「想回西北，營防疏漏就是藉口了？你們這群兵油子，無非仗著是西北軍的老將，便欺她缺了你們練不得兵，不敢把你們如何！」
西北軍裡服役的兵多是貧苦出身，其中不乏市井混混、賭徒惡棍，這些人不好管教，用得好便是殺敵四方的兵勇猛將，用得不好便是軍中的瘤子。如同水師如今的局面，他們不服主帥，不肯效力，耍懶打諢，覺得西北軍高人一等。

元修道：「今日若在西北，我也如此罰你們，但我可不會用軍杖，打在你們身上的會是結結實實的軍棍。你們從軍多年，執法見得少嗎？英睿說的是軍棍，打的是軍杖，你們沒看見嗎？打軍棍的門道兒你們不知道？」

軍中但凡有人受刑，必會點齊大軍，細數其所犯的軍規，當眾行刑，以起到治軍之效。但行刑裡頭的門道兒卻不少，刑具有軍棍、軍杖之分，打法有拖打和彈打之分，責打的部位有背部、腰部、臀部和大腿之分。

軍棍圓實，打肉及骨，人沒打死骨先打斷，五十軍棍就能將人打殘。軍杖寬扁，打在肉上，難及筋骨，饒人一死才用軍杖。

拖打的打法是軍杖落下時就勢拖一下，此種打法不用幾杖就能皮開肉綻，不懂門道之人見受杖者血肉模糊便以為打得重，實則受刑者受的只是皮肉之苦。

而彈打才是要命的，軍杖落下時順著皮肉彈起。此種打法皮肉不易破，以皮下瘀血多，常給人以打得輕的錯覺；實則受刑之後若不將瘀血及時散出，幾日後瘀血處便會生出膿血，軍中稱為「溏心蛋」，受杖者的屁股就跟蛋似的，外表光光生生，裡頭兒稀稀溜溜，一旦生了膿血便會爛出個洞，治不好就得死。

今日受刑的數百將士只受了皮肉之苦，尤其是老熊四人，受杖之處皆在背上和屁股上，腰腿兩處容易打斷的地兒可是一杖都沒打。

「英睿是仵作出身，棍棒打傷的門道兒能不清楚？好心饒人一命，倒被你們反咬狠毒？你們是欺我今日沒在點將臺上觀刑，還是覺得我眼瞎了看不出來？」

「大將軍，俺不是這個意思……」那告狀的都尉嘟囔：「俺就是心疼軍侯，要是俺們犯了軍規就是軍侯管教不嚴之過，那都督倆月沒回軍營，是不是也該受罰？」

「放屁！」元修怒斥。「她查案是領了朝廷之命的，你們違反軍規也是領命行事的嗎！知道她查的是何案子嗎？西北軍撫恤銀兩貪汙案！」

元修轉過身去，半晌才又轉過身來，日頭高照也化不開他眉宇間的沉痛。「此案是我對不住將士們，我一心想追回撫恤銀兩，英睿幫我找回來了。她這兩個月若不在朝中，莫說被貪的銀兩追不回來，我傷重……只怕命也沒了。你們可知是誰救的我？是她！當初在邊關她就救了我一命，我相信你們才讓你們到新軍中任職，我以為你們會幫襯著些，沒想到你們這般不省心。」

「啊？」都尉們懵了，他們在軍中，京中裡的許多事都是驍騎營罵營時才知道的，驍騎營的人說得又不清楚，他們還以為是都督在朝中查些無關緊要的案子，心生埋怨，鬧了半天，是他們錯怪都督了？

「你們聽著，若是水師不要你們，西北軍你們也回不去。你們對我忠心耿耿，我知道，你們一日是我元修的兵，一輩子都是，死了，我葬；殘了，我養；回鄉，出路我安排！但犯了軍紀就是犯了，若她不要你們，我會安排你們回鄉，但不能再回軍中。」元修說罷就走了，留下舊部們面色發白，惶然相對。

中軍大帳裡，行李搬了進來，暮青將人都遣了出去，只留下駱成敘話。「你家主子可好？」

駱成一愣。「您昨天傍晚才跟主子道別。」

這回換暮青愣了，還真是昨天傍晚才分開，可她為何覺得好長時日了？大抵是因為出了盛京，離得遠了吧。

暮青不自在，翻了翻行李，沒話找話：「你家主子沒在箱子裡放什麼奇怪的物什吧？」

「您想讓主子放啥？小的立馬稟明主子送來！」駱成殷勤地道，一副小二樣兒。

「……沒事，你可以回去了。」暮青惱自己又說錯話了，於是蓋上箱子，走到書案後，看牆上的地圖去了。

「哎！」駱成答應得痛快，走得也麻溜。

一出大帳，月殺便道：「回去好好稟事，添油加醋的後果你知道。」
「哎！」駱成照樣答得痛快，走得越發麻溜。
月殺腦仁兒突突的疼，月影手底下的人，他真是每見一次都想把他們的舌頭給拔了。
駱成跳上馬車走了。
半個時辰後，暮青傳親衛們進帳，眾人進來時，行李都已收拾好了。
「說說看，你們昨夜潛入大營後，有沒有遇上營防不錯的兵？」暮青坐在書案後問。
劉黑子搖頭。「沒有。」
石大海道：「俺在茅房裡蹲了一個多時辰，人沒見著，倒是被熏得夠嗆。」
月殺道：「有！昨夜北大營一營有隊巡邏哨還算警惕，小隊長是個什長。」
暮青道：「傳來！昨夜南大營倒泔水的兵裡，那個少年不錯，一併傳來。」
劉黑子得令而去，一掀簾子就發現魏卓之來了。
「沒傳你，你來做什麼？」暮青問。
「末將是傳令官，都督既然回營了，自然要在大帳聽候調遣。」魏卓之厚著臉皮道，其實他就是好奇她要如何練兵，便找個理由來中軍大帳裡待著了。
暮青心如明鏡。「那好，傳北大營一營昨夜的巡邏隊長、南大營倒泔水時被打量在後山的少年兵丁，以及章都尉來。」

魏卓之嘴角一抽，直道自己來得不是時候，咳聲嘆氣的傳令去了。

半個時辰後，眾人到齊，那少年和什長不知為何會被傳喚，顯得有些拘謹。

暮青問那什長：「你昨夜為何攔下我的親衛長？」

此人名叫湯良，答道：「回都督，末將當時……也說不出來越隊長有何可疑之處，就是覺得哪兒彆扭，後來仔細回想，覺得應是衣著有破綻，那身軍袍短了，褲腿和袖口皺巴巴的，軍容不整，甚是可疑。」

韓其初眼神一亮，夜裡光亮不及白天，能發現著裝的違和之處可是斥候的苗子。

暮青點了點頭，又問少年：「你是哪裡人士，姓甚名誰？」

少年盯著靴子道：「回都督，小的嶺南人士，烏雅阿吉。」

暮青一愣，看了韓其初一眼，嶺南與南圖接壤，兩國邊境地區少數民族分支甚多，她不太瞭解。

韓其初問道：「你是烏雅族人？」

烏雅阿吉道：「正是。」

韓其初道：「稟都督，烏雅族乃鄂族的分支，兩百餘年前，大圖尚未分裂成南圖和圖鄂之時，兩國在嶺南邊界上常有領土爭端。大圖國內信奉神權，後不知因何事，鄂族自立，國內動亂一時，險些覆國，大圖最終以放棄與大興的領土爭端及和親為代價，換得大興出兵，保住了半壁江山，大圖也自此成為大興的屬國，改稱南圖。烏雅一族就是從當初兩國在嶺南的爭執地界上劃過來的。」

「為何要離鄉從軍？」暮青問。

「在族裡待著有啥意思？男兒就當報國！」少年答得鏗鏘，頭卻低著。

暮青目光一冷。「我喜歡聽實話。」

烏雅阿吉睃了暮青一眼，又低下頭去。「這就是實話。」

暮青揚了揚眉，瞥見魏卓之面色古怪，便將眉頭一鬆，說道：「好，我可以不管你為何從軍，你在水師裡就是水師的兵。我不排斥異族，但也不會對你多有照顧，可有異議？」

「求之不得！」烏雅阿吉道。

「那我問你，若給你一個機會，讓你可以教訓一下驍騎營，你可願意？」暮青言歸正傳。

「太願意了！」少年一聽這話，眼睛頓時亮了。

暮青卻又潑了冷水道：「先不要高興得太早，我給你的只是個特訓的機會，能否得到教訓驍騎營的機會，要看你的表現。」

「啥叫特訓？」少年問。

「高強度的訓練，為期一個月。」

「操練？」章同詫異了。「都督不是說全軍休假，私自操練者以違反軍紀論處嗎？」

「我罰的是疏忽營防者，你疏忽過嗎？」

「……所以這一個月，我們操練，全軍看著？」

「沒錯。」

噗！

魏卓之頓時笑出了聲，一段日子不見，她不僅嘴毒，心也黑了。

水師兒郎皆是青壯年，正是逞強好鬥的年紀，瞧著別人操練，自己睡大覺；瞧著別人痛痛快快地找驍騎營報仇，自己乾看著，那真是比挨軍棍還難熬。

韓其初目露奇色，險些撫掌而讚！大軍懶了兩個多月，都督一回來，若馬上練兵，大軍必有不適，與其人心浮躁，怨言滿天，不如強制休假，讓犯懶的人看著別人痛快流汗，看著別人痛宰仇敵。不出一個月，全軍的懶骨必能不治而癒。

暮青問：「這一個月裡，你們會睜開眼就要苦訓，倒下去就能睡著，可願參加？」

「願！」眾人齊聲表態。

暮青對章同道：「你麾下的一營將士都算上。」

「聽候都督差遣！」章同一笑，特訓聞所未聞，她大抵是想拿他的人試試，這時不幫她更待何時？

「訓練明早開始，你們今天準備特訓之物。」暮青將幾張紙遞給章同。

章同接過來一看。「伐木，挖泥潭，填沙袋？」

沙袋是負重之物，新軍從江南挺進西北時，曾將沙袋綁在腿上負重行軍，但她要的沙袋重很多，足有五十市斤。

暮青未多解釋，只命湯良和烏雅阿吉隨章同一起回營，往後的一個月，他們就是特訓營的兵。

三人一走，暮青就看向了魏卓之。「你知道烏雅阿吉的事？」

魏卓之卻賣起了關子。「告訴妳可以，但得答應我一件事。」

「何事？」

「日後妳回京時，帶我一起進城。」

「有事？」

「尋個故友。」魏卓之的笑容有些淡，有些期許，如一幅泛黃的畫，繪著看不透的故事。

暮青見他這般神態，知道這故友定然非同尋常，於是道：「好！」

魏卓之笑道：「都督真是痛快人，多謝多謝。」

「烏雅阿吉的事，說吧。」

「我只知烏雅一族的事，現如今，江湖中誰不知世間已經沒有烏雅一族了？」

暮青和韓其初聞言都愣了，常年辦案的直覺讓她問道：「你是說此族被滅了，去年之事？」

韓其初說起烏雅族史時並不知滅族之事，而魏卓之卻說江湖上人盡皆知，說明此事只可能發生在韓其初從軍的這段日子裡。

魏卓之道：「聰明！事情就發生在西北軍在江南徵兵前不久，烏雅族被人一夜之間滅族，沒想到今日在軍中碰到一個還活著的。」

「何人所為？」

「江湖傳言是圖鄂的鬼兵幹的，目的是烏雅族內的一件聖器。聽說這件聖器是鄂族之物，大圖分裂時流落了出去，圖鄂一直在找尋，但聖器至今不知所蹤。我估計著，那小子是無路可逃才躲進西北軍中的。他也是命大，聽說烏雅族人被殺後都被剜下了左眼，老弱婦孺無一倖免。」

暮青問：「你能查出烏雅阿吉的身分嗎？」

魏卓之道：「族寨被燒了，人都成了焦屍，恐怕難以核查。妳若是信不過那小子，把他攆出軍營就行了。」

圖鄂信奉神權，聽說他們相信左眼可見天上地下六界諸事，剜去人的左眼等於剜去了靈識，死後看不見通天路，也下不了黃泉，只能在世間遊蕩，成為孤魂野鬼。此族行事極端，若知烏雅阿吉在水師裡，早晚要生事。

暮青道：「我說過，他在水師裡就是水師的兵。」

烏雅阿吉有此身世竟不隱姓埋名，或許是因為他當時被人追殺得緊，沒時間弄到假的身分文牒。他投奔到軍中來，必是想藉著西北軍的威名嚇退圖鄂鬼軍，盛京乃京畿重地，鄂族人不至於敢在此生事。

魏卓之並不意外，這姑娘看著面冷，實則心熱，跟一個人很像……

「今日所言之事，不可透露半句出去。」暮青看了眼帳下之人。

韓其初道：「都督放心，不過此事非同小可，學生建議還是派個人盯著烏雅阿吉為好。」

暮青點點頭，烏雅去了章同營中，她會讓章同盯著。

「你們各自回帳歇著吧。」昨夜襲營，眾人一夜未眠，明日起要特訓，暮青便遣退了眾人。

元修來時，其餘人都走了，唯獨月殺守在外頭。

「他們給妳添麻煩了。」元修道。

「意料之中。」暮青道。

元修見暮青沒惱，反倒蹙緊了眉頭。有時，他盼她惱一回，哪怕是怒，也是因為他。可她總是這般清冷，似乎他挑不起她的一絲情緒。

「眼下正是青黃不接的時候，妳先用著他們，待日後妳看上誰，再將他們替換出來，我帶走。」

「嗯。」

江北水師的將領最好是她的嫡系，暮青不想跟元修虛偽客氣。元修的眼底卻生出痛意，她就如此希望跟他劃清界限？她想培植嫡系，是為了她自己，還是為了那人？那些人犯了軍紀，即便她想留人，他也不會同意。但他多希望她會說留下他們，哪怕只是一句話，也說明她礙於情面，心中在意他。

暮青上下眼皮子直打架，她昨天傍晚騎馬趕路，夜裡潛入軍營會見將領，早上沙場立威，剛剛又把特訓之事定了，現在已是睏極，奈何元修在此，她只好撐著。

元修不知該氣還是該憐，拉起暮青便往床榻走去。

暮青一驚，抽了抽手，但元修的力道鐵箍似的，一甩手她便跌到榻上，欲起身時他已拉過棉被將她蓋住。

棉被蓋在暮青肩膀下，元修壓住兩側，俯身望著暮青。

兩人貼得極近，她能望見他眸底的那團烈火，聞見他身上的陽剛氣息，他亦能望見她眸底的寒霜，聞見少女身子清淡如蘭的幽香。那幽香燃了他眸底的那團火，壓不滅，直欲將她吞噬。

「元修。」這時，他聽見她的聲音，潑入心底，冷如利刃。「你確定要如此？讓我們之間連朋友都沒得做？」

她冷靜如常，彷彿他們之間曾經的情分全在他一念之間。

半晌後，元修道：「有時，我真懷疑妳是不是女子。」

他負氣地離開床榻，走到大帳門口時說道：「妳是回來練兵的，不是把自己給練垮的。需要軍餉就說，如今水師在朝廷眼裡是重中之重，妳要的東西，哪個也不敢剋扣。」

說罷，他掀開簾子就走了。

暮青醒來時，晚霞燒紅了半座軍營，旌旗連山，長風浩浩，一出大帳就能

看見雲海萬里，麗山莽莽，景致令人喜愛。

她往湖邊而去，湖冰映著晚霞，峭壁發著綠枝，湖岸有匹駿馬，通體覆雪，耳蹄踏墨，神駿孤傲，天下獨有。

馬在湖邊飲水，感覺有人靠近，噴了下響鼻。

暮青道：「你在我的大營裡，喝著我的湖水，吃著我的湖草，還要警告我，世間有這等道理？真是什麼樣的人看上什麼樣的馬，人的臉皮厚，馬的臉皮也厚。」

她在野馬王三尺外停了下來，她記得步惜歡初次與牠說話時也是隔了三尺。

她不懂馴馬，只想找人說說話。自從爹死了，她從江南到西北，又從西北到盛京，總有漂泊無依之感，而卿卿從關外到大興，離開了生養牠的草原，離開了野馬群，孤孤零零的追隨著認定的人，總覺得她與牠的境遇有些像。

暮青就地坐下，望著湖心道：「他沒來，你若想見他，得等些日子。」

不知卿卿是懂了她的話，還是覺出她沒有惡意，牠並未離開，只踢了踢湖邊的凍土。

「他身居高位，無法隨心所欲，你又不願進宮被人飼養，那就只能等了。或許他說得對，我們真有些像。」暮青轉頭看去，馬打了個響鼻，似乎對此話頗為不屑。

暮青一笑。「我來軍中就是希望有朝一日，這天下間能想去哪兒就去哪兒。」

馬專心吃草，不理她。

「聽說，驍騎營的人想套住你？」暮青從身邊捏了顆石子兒把玩，說罷將石子往湖心一擲。「過些日子，我請你一起去揍他們。」

說罷，她便起身上了小坡，往沙場督工去了。

是夜，都督府閣樓裡沒點燈，屋裡卻有人。

明月照著花枝，枝影映在窗臺上，一人立在窗前，容顏如明月，聲涼似夜風。

「說。」

「稟主子，姑娘昨夜火燒水師四路軍侯大帳，今早沙場立威，一頓軍杖，罰了五百來人。」

「軍杖？」

「是！您是沒瞧見，五百來人去衣受杖，那屁股，一片一片，雪白雪白，蔚為壯觀！」

「……」

「然後姑娘給全軍放了大假，為期一個月，私自操練者以軍法論處。」

「嗯？」聽聞此話，步惜歡的眸底才有了笑意，她行事慣來不循常理，火燒軍侯大帳已是一場好戲，看來還有好戲可看。

「屬下把行李送進了中軍大帳，姑娘問您可好。」

可好？她不是昨兒才走？

步惜歡愣了愣，隨即眸光漸亮，話音暖了些：「接著說。」

「接著姑娘就不高興了。」

「何人惹她了？」

「主子您。」

「嗯？」

「姑娘問，您在行李裡可有放奇怪的物什，屬下問姑娘想要何物，姑娘就讓屬下回來了，瞧著有些不高興了。」

「哦？」步惜歡回身看向血影，問道：「她真是如此問的？」

「回主子，一字不差。」血影道，真的一字不差，但主子如何理解姑娘的話，那就不是他能左右的了。

步惜歡轉回身去，枝影在窗外搖搖曳曳，晃得神情忽陰忽晴。她是惱血影問得太多了，還是惱他沒在行李裡放什麼？依她的性子，應是前者，可……興許是想他了？怪他沒給她捎個念想之物也是可能的。

「去市井尋個擅畫春宮圖的畫師來，明夜帶去內務總管府。」

「啊？」血影的嘴張得老大，直到步惜歡淡淡地睨來一眼，才急忙應是，卻退而去。

這夜，全軍都沒睡好，五萬男兒從軍快一年了，最盼的就是夜裡能多睡會兒，這還是頭一回巴不得日頭早點升起。

但日頭還沒升起，天剛破曉，沙場方向就忽然鼓聲雷動。

「有軍情？」將士們奔出帳外，湧向沙場，然後傻了眼。

東大營一營在操練！

不是說全軍休假，私自操練者以軍法論處？

只見點將臺左右燒著高高的火盆，少年披甲而立，對東大營一營的兵道：

「你們一定很疑惑，全軍休假，為何你們要操練？因為休假罰的是躲懶的兵，你們的營防是全軍最好的，我不忍心讓你們休假！生了懶骨的人，骨頭不怕再懶，而你們是全軍最好的兵，我不忍心讓你們的一身鐵骨變成懶骨，不忍心磨光你們的血性！」

一番話說罷，沙場頓時肅靜了下來。

「操練很苦，可這就是軍人的生活，嚴格來講你們還是新兵，可前夜我潛入大營，一營銅牆鐵壁般的營防讓我看見了應有的軍容、軍紀。在我心裡，你們不是新兵，你們是水師引以為傲的軍人！」

一營的兵聞言昂首而立，對他們來說，最好的讚揚莫過於「軍人」二字。

「操練是軍人生活的重中之重，不操練何以練就強壯的體格，何以練就殺敵的技能，何以在戰場上保命立功，何以回鄉見自己的爹娘妻兒？」暮青看著沙場上的兒郎們，見眾人眼底有團烈火，士氣已燃，於是接著道：「今日起，水師特訓營成立！成員兩千五百零五人，包括你們的都尉、我的兩名親衛和新加入的兩人。看到沙場上的沙袋、圓木和泥坑了嗎？是用來鍛鍊你們的體力和耐力的。我軍是水師，水裡作戰需要的體能甚於陸地作戰，故而從今日起，我和我的親衛長會督導大軍特訓，體能弱者，不准下水！此次特訓就一個字——苦！誰堅持不下來，可以跟全軍一起放假！」

至此，全軍清楚了一件事——往後一個月，別人操練，他們看著。

「全體上沙袋！」
「是！」
晨光熹微，兩千兒郎扛起沙袋的身影高壯英武，一聲軍令，奔如戰馬。
沙場上黃沙飛揚，全軍嗆得睜不開眼，一喘氣滿嘴沙子，訓練強度是以往晨練時的數倍。
然而，這只是熱身。
特訓營的兵剛卸下沙袋休息片刻，一聲軍令，便進了泥潭。
初春時節，黃泥滑膩冰涼，扒了樹皮的圓木泡在泥潭裡吃了一夜的水，足有千斤重。五人一組，長木壓身，倒下坐起，待練完了，眾人倒在泥潭裡，活似要渴死的泥鰍。
暮青喊：「出來沖沖。」
沒人站得起來，只剩往外爬的氣力。
暮青道：「看樣子，你們沒力氣沖涼，那不如找人幫你們。」
特訓營的兵們聞言抬頭，見遠處奔來百十號人，手裡提著木桶。那百十人也是特訓營裡的，沙場上一共挖了八個泥潭，一回只能下去一半。每個泥潭前都有下一撥人待命，四周留有沙路，後頭蓄有水渠，昨夜一營輪流守夜，渠水一點兒冰渣都沒結出來。

暮青道：「幫他們沖乾淨點兒。」

章同看向暮青，以眼神詢問——真要如此？

這些兵跟著他有些日子了，他沒想到她會想出如此折騰人的練兵之法，雖信她有她的道理，但也要考慮人能否承受得住。

「這是軍令！」暮青說罷，一桶桶的水便潑進了泥坑。

水聲如瀑，寒涼刺骨，暮青的話卻叫人心熱：「不要覺得我在折磨你們，戰爭可能發生在任何情況下，不會因為水冷就不開戰！你們以為水師只是夏天跳進江河裡洗痛快澡的？錯！冬天敢往水裡跳的才是水師！泥潭水髒，渠裡水冷？戰時若遇雨季，大軍岸上遇敵，路滑泥濘，戰是不戰？我願你們摔在泥地裡，能比敵軍先爬起來，跌進河水裡，能比敵軍不畏嚴寒！今日你們身上淌的是泥水，明日你們身上淌的就是血水，我願那些血是敵軍的血，願你們都能衣錦還鄉，再見爹娘！今日吃這一分苦，明日戰場上就能保一條命！」

漸漸的，沙場上除了潑水聲，只能聽到暮青的聲音。泥潭裡的兵吐出嘴裡的泥水，踉踉蹌蹌地相扶而起，負手而立。

一桶桶的冷水澆灌下來，倒了的人爬起來，站著的人負手不動，任水澆掉黃泥，露出一道道堅如鐵石的眼神。

沙場彷彿靜了，熱血在心頭滾著，不解和疲累化作鐵石般的堅定，彷彿受此一番洗禮，蛻變成軍。

這一幕看得圍觀的大軍心頭滾燙。

當暮青喊停，一撥人上來，一撥人下去，又一輪洗禮開始。

日頭當頭，午餐時辰將至，暮青一聲令下，特訓營集合到點將臺前練軍姿。

大興的軍隊對軍姿並無要求，只要兵能打仗，聞鼓而進，聞金而止，呼名時應，點時即到，服從主將軍令，擅使弓弩刀槍，擅列軍陣便可。連年征戰的時期，新兵連刀槍都使不熟就要被拉去戰場，哪有時間練軍姿？西北軍以軍紀嚴明練兵嚴苛聞名於世，行軍路上，新軍操練的也只是體能和陣列，到了邊關，選了兵刃，分了兵種，操練的重點便是陣列和殺敵。

暮青認為有必要練軍姿，這能讓這些兒郎們認清自己的身分。

春日當頭，特訓營面朝沙場而立，全軍頭一回知道渾身溼透也可以站成大海裡的燈塔，體力消磨殆盡也可以站成高山上的哨卡。

不知何時起，開始有人學著特訓營的軍姿站立，隔著平闊的沙場與特訓營相視而立。漸漸的，沙場四周彷彿立起了一棵棵松柏，初春時節大澤山上的老樹剛發新芽，山下的軍營裡已生機盎然。

韓其初望著這幅景象，不由喟嘆。

都督說全軍休假一個月，他料想不出一個月，全軍必定自請操練。可這才半日，竟有這幅光景。

一個時辰後，佇列解散，特訓營換衣吃飯，歇了一個時辰，特訓便又開始了。

下午每人扛著一根短圓木穿過後營，往小山子村進發。

從南大營到小山子村約莫十里路，來回約莫大半個時辰，回到沙場後，全營癱倒在地，無一人掉隊。

稍歇過後，特訓營又進了泥潭。

暮青在岸上問：「撐不撐得住？撐不住休假！」

沒人回答，一張嘴黃泥水就往嗓子裡灌。

在沙場周圍觀練的大軍受不了了。「娘的！都督這不是擠兌咱嗎？」

「受不了了，老子要操練！」

「走，找都督去！」

西北軍的都尉們掛念著挨打的同袍，這一天都在醫帳外，幾個屯長、陌長被推舉出來，厚著臉皮進了沙場。

暮青問：「想特訓？先回答一個問題，回答對了，我就讓你們特訓。」

「都督問！」

「此地是軍營還是菜市？」

幾個將領一愣。「自然是軍營！」

暮青面色一寒。「此地是軍營，你們是軍人，軍人以服從軍令為天職。全軍休假，此乃軍令，你們覺得可以像在菜市一樣討價還價？」

就這麼著，幾個將領鬥志昂揚地進了沙場，又灰頭土臉地回去了。

這天，晚餐半個時辰後，特訓營再次聞鼓集合。

暮青躍上了點將臺，問道：「誰自認身手不錯，上來！」

章同要起身，暮青道：「你不算，我說他們。」

「憑什麼我不算？」章同氣笑了，為了青州山裡的敗績討回來，他可是一直在勤練武藝，半日也不曾鬆懈過的。「都督不讓末將上去，可是軍令？」

「不算。」暮青答。

話音剛落，章同一躍而起，敏捷地翻上了點將臺。

「不夠，再上來幾個！」暮青對著臺下道。

章同望月喘氣，覺得這輩子會早亡——被她氣的。

這時，再傻的人也看出都督要跟人較量，且要以一敵眾。

暮青曾隨元修深入大漠夜戰狄軍，還有勇戰馬匪的事蹟，特訓營一得知有機會較量，便爭著往臺上湧。暮青問了平時的比武情況，點了十來個身手拔尖的兵。

十來個人把暮青圍住，暮青當胸一腳，猝然踢向了章同！

眾人皆無兵刃，章同慣用長兵，於是習慣性地退了一步。這一退，暮青忽然改路，一腿踢翻章同身旁一人，那兵捂著下巴倒地，其餘人合撲而來。

一個兵摸到暮青身後想要鎖頸，暮青反手扣其腕與喉嚨，曲膝蹲身，扭腰轉胯，將人順勢一摔，蹲身肘擊鷹窗，那兵兩眼一黑，頓時捂胸不起。

趁此時機，暮青雙手同出，拿住前方兩個兵的腳踝，將兩人的腿一絞，兩人哐噹栽倒！

眨眼之間，十來個人就倒了四個。

剩下的人心神一凜，越較量越心驚。暮青身手敏捷，毫無花式，所擊之處皆為要害，攻防兼備，巧於變化，出招刁鑽，常能一招制敵。

章同堅持得最久，可也沒能走過三十招。

暮青後退時被一個倒下的兵絆了下，章同瞅準破綻奔來。暮青卻不躲避，忽然拽住衣襟將章同一拽！

章同眼看著要將暮青壓住，心不由猛的一跳，回過神來時，暮青的膝蓋已抵在他的胸口上，手鎖著他的喉嚨。「對戰時走神，若是遇敵，你已陣亡了。」

章同臉色難看，那還不是因為妳是女人！

暮青起身，問特訓營的士兵們：「看清楚了？保家衛國，靠的不僅是意志和體格，還有殺敵之術。戰場上搏命，花架子無用，你們的目的只有一個——最有效地擊斃敵軍！殺敵用時越短，消耗的體力越少，在戰場上就能多一分活命的機會。軍人無需成為武林高手，只需要成為一把殺敵的利刃。」

特訓營的兵們仰望著點將臺，這一天很苦很累，他們卻收穫良多。

何為軍人，何為軍人的路，他們懂了。

「明天起，每日此時我都會教你們一招格鬥術。此乃近身戰，你們要掌握的殺敵技巧還有很多，越隊長擅長匕首，章都尉擅使槍法，他們會教給你們如何用匕首槍戟，長弓、短弓、袖箭、床弩，你們都要學會。」

新軍以前在邊關學的只是皮毛，到了戰場上除了靠人數取勝，個人作用發揮不大。水師只有五萬人，兵貴精不貴多，暮青的目標是一支精銳之師。

聽聞此言，沙場外哀號不斷——特訓營的人可以學殺敵技巧，全軍竟要休假！

但此時後悔已晚。

特訓營解散回營，雖然疲累，卻幹勁兒滿滿。

人生在世，有些事就是如此奇妙，明明覺得一天如此漫長，卻又期待明日早些到來。

次日清晨，血影來了，說是送日用品來的。

暮青命月殺督訓，自己回了中軍大帳，一進帳就看見地上放著只大箱子。

「何物？」暮青警覺地問。

駱成笑容猥瑣。「主子讓您親自查看。」

暮青看了眼箱子的大小，覺得步惜歡不至於把自己藏在裡面，這才接過鑰匙，開了箱子。

箱中很空，只放了兩樣東西——一只包袱，包袱底下壓著一幅絹布。

那包袱繫著漂亮的蝴蝶結，暮青一入手就知是何物了，打開一看，果然是老多傑的人頭。

「主子說了，都督喜愛這些，怕您夜裡睡不著，於是送來給您鎮著這中軍大帳。」駱成傳完話，急忙指了指箱內。「此物！此物！」

暮青見駱成的神色就知道那幅絹布不是好物，她面無表情地捧了起來，絹布入手寒涼，觸之柔滑，頗有分量，這分量說明布幅很大。

暮青不喜藏著掖著，於是順手一展，凌空一揚，仰頭一看，臉色霎時間變了幾變，表情甚是精采。

那是一幅畫。

那更像一幅屍畫。

畫上明閣麗毯，闊榻華帳，一男子淺笑闔眸懶臥於榻間，墨髮如雲瀉於榻前，意懶之態，如仙高眠。榻腳香爐生暖煙，嫋嫋其後，男子衣帶盡褪，胸膛玉潤，楚腰長腿，明肌如華，最是風流處覆著大紅龍袍，半遮半掩，不想看，偏刺眼。

整幅畫作於雪絹之上，暈色泛黃，舊如古卷，男子似在畫裡睡了千年，那大紅華袍暗沉如血，其色詭異頹然，其境靡靡豔華，好似人已故，畫屍入卷。

最讓暮青不能忍的是此畫如同人高，畫裡的明閣麗毯、闊榻華帳、美豔男屍，甚至是榻腳的香爐都與實物一般大，她把雪絹凌空一展，彷彿衣衫盡褪的某人帶著他那奢華的屋子一同向她壓來，活似男屍壓頂，金屋要塌！

暮青過於意外，要躲已晚，那巨幅雪絹當頭落下——

嘩！

她整個人被罩在畫下，如頭頂一床白被單。

駱成不敢笑出聲，直憋得肚子疼。

暮青在「被單」底下靜默許久，駱成抱著肚子乖乖起身，不敢再笑，覺得姑娘這反應只怕是風雨前的寧靜。
但「被單」被扯下來時，暮青已面色如常，淡淡地道：「你家主子屍體扮得不錯，不過有破綻。」
「……破綻？」駱成愣了愣。
暮青把絹畫往行軍床上一展，說道：「畫上屍體橫陳於榻，面色含春，衣袍盡褪，很像是作過死的，也就是房事猝死。因其面色含春，故推測猝死時正行房抑或剛行完房，所以，此處即便有衣裳遮著，也應該撐著帳篷。」
帳篷？啥叫帳篷？營帳？
駱成不解，見暮青指向畫上某處被衣袍遮著的地方。「作過死者，精氣耗盡而脫死，陽卻不衰。因此，即便蓋著衣袍，此處也該是撐起來的。」
駱成懂了之後再也忍不住，抱著肚子就蹲在地上開始笑。
姑娘哎！您真不是一般的姑娘！
暮青道：「告訴你家主子，下回扮得像一些。」
駱成笑岔了氣，連連點頭——轉告！一定轉告！
暮青問：「這是哪個畫師畫的？行筆之風春意撩人，難登大雅之堂，二流！」
「春宮圖本來就難登大雅之堂……」駱成沒咕噥完就忙捂住嘴，他又說錯話了，春宮圖難登大雅之堂，但主子的春宮圖是雅物！雅物！雅物！

暮青坐去行軍案後，少頃，扔下封信。「拿去，給你家主子的！告訴他，這畫師不入流，換了！」

「哎！」

「還有，這些圖紙是我昨夜畫好的，拿去找城中最好的鐵匠鋪子打造，半個月內造好。」

駱成急忙上前接住。

「速辦。」

「是！」駱成斂起笑鬧之態，收起書信和圖紙便告辭而去。

暮青聽馬車聲遠了才瞄了眼行軍床，見絹畫鋪在榻上，畫中人似躺在她床上一般，心中不由思忖：某人該不會是想讓她把這畫當床單鋪著，與他同眠吧？她說她有戀屍癖，他竟當真了？

暮青不由失笑，將畫收入箱底，又將老多傑的人頭鎮在上頭，這才鎖上箱子，返回了沙場。

西北軍的都尉們昨天守在醫帳外，聽說了特訓之法後，今日特來觀練。一看之下，都驚住了。

「娘咧……」
「常年這麼練，孬兵都能練成鐵。」
「要是早幾年咱也這樣練，五胡會不會早就滅了？」
「……咱還能回去西北嗎？」
不知誰問了一句，都尉們都沉默了。他們半生熱血灑在了西北，心有留戀不想換將，卻犯了軍中大忌。
昨天得知都督救了大將軍一命，他們本想來認錯，可沒臉來。他們殺敵從未怕過，如今卻怕了，怕水師留不下，西北回不去。
戎馬半生，以為能死在邊關，要走了才知道這輩子離不開軍營了。
這天，晚上暮青回中軍大帳時，都尉們候在了帳外。
暮青道：「我累了，有事特訓結束後再談。」
「都督！」眾人不敢闖帳，一怕惹惱了暮青，二是真有些服氣了。原以為論睿智勇猛，都督是新兵第一，論練兵，他懂個啥？但才兩日，全軍就士氣高漲，他們是老將，練兵之法有用無用看得出來，以前是他們小瞧人了。
「你們何時能把我的話當成軍令，何時再來。」帳中傳來暮青的聲音。眾都尉聞言，只好垂頭喪氣地走了。

都督府裡，有人正在閣樓裡聽回稟。

「一字不差。」血影道。

「嗯。」步惜歡喜怒不露。「她還說什麼了？」

「還說畫師不入流，要您換了。」

「嗯？」

「姑娘給您帶了封信。」血影將信呈過頭頂時，信已被人抽走。

閣樓裡靜了半晌，窗前忽然傳來笑聲。

血影斗膽瞄了眼，見步惜歡低著頭，臉就差沒埋進信裡了，笑得既歡愉，又忍耐。

主子這般開懷，印象中可從未見過……

「跪安吧。」笑聲歇後，步惜歡漫不經心地說了句，彷彿剛才是血影幻聽了。

血影沒入了黑暗中，步惜歡來到桌前坐下，信上只有兩句話：「聞君有此癖，臣正有此技。」

說要換畫師，薦的卻是自己，她還知道吃醋？她看的那些個屁股，他還沒酸，她倒先酸起來了。

步惜歡不知該惱還是該笑，這情緒此生能嘗一遭，也算老天待他不薄了。

將信收入衣襟，他這才細看圖紙，圖上畫的是練兵之物，瞧著像是練跑跳攀爬的，對習武之人無甚用處，但兩軍交戰，動輒數萬，用在軍中，效果想必會不錯。

這兩日，魏卓之和月殺都將她組建特訓營的事報給了他，事無巨細，那練兵之法與立竿見影的成效他甚是好奇。

眼下已是二月中旬，今夏他是不是該留在盛京，不去行宮了？

第五章

計擒驍騎

十天後，血影將差事辦好了。

傍晚，暮青把月殺和韓其初傳進中軍大帳，沒人知曉三人在商討何事，唯有血影當晚接到了傳信。

暮青要他再辦三件事：第一，按原定時間交貨，也就是五日後。第二，傍晚出城，夜裡送來。第三，把水師大營裡要運進一批祕密軍需的消息傳出去。

接下來的幾日，特訓一如往常，交貨那日早上，特訓營緊急集合。

特訓以來，緊急集合是頭一回，天還黑著，點將臺前火光熊熊，暮青道：「不必訝異，不是天色陰沉，而是你們早起了一個時辰。今天是第一次緊急集合，全營表現不錯，我決定給你們一些獎勵。」

聽聞此言，無人欣喜，都督所謂的獎勵必是另一番錘煉。

「但這個獎勵只有贏的人才可以拿，負重越野二十里，前百名有獎，輸的有罰。」暮青道。

二十里山路，特訓營已經跑習慣了，回來時天邊白如魚肚，兒郎們衝如劍魚，暮青立在點將臺上，望著那一個個奔過的身影，章同、烏雅阿吉、湯良、石大海……都沒讓她失望。

前一百人很快就數了出來，後頭的雖有不甘，卻也只能願賭服輸。

暮青很少笑，笑起來頗有幾分飛揚的神采。「新軍需夜裡送到，輸了的人明天安器材，贏了的傍晚隨我出營，去接那批器材回來。」
接器材沒什麼，關鍵是能出營，騎馬出去看風景，興許還能瞧見皇城，這差事多美啊！
全營哀號，早知如此，拚死也要贏。
「這些日子大家辛苦了，今天只操練半日，午後歇息，你們百人傍晚集合。」暮青說完便走了。
傍晚，天色將黑之時，暮青帶著百名精兵出了轅門，可走時誰也沒騎馬。察覺出事情不對，烏雅阿吉問：「都督，咱們不騎馬，莫非要跑到京城？」
暮青沿著草坡進了林子。「想騎馬，待會兒自有馬給你們騎。」
林深草高，百名精兵跟隨暮青來到一處空地上，暮青道：「你們真想去皇城看風景？看風景還是揍人，選一個。」
百人聞言，頓時怔住。
「揍人！」烏雅阿吉當先答道。
「揍人！不管揍誰！」其他人反應過來，紛紛表態，只是詫異。「都督咋不直說？」
暮青道：「軍中人多嘴雜，萬一洩漏軍機，今夜就不是我們揍人，而是人揍我們了。」

精兵們頓時不厚道地笑了，要是讓特訓營裡的其他兄弟知道了，會不會悔死？

「據可靠消息，有人想半路攔截咱們的軍需，天黑時行動，地點在靠近驍騎營處。」

「都督是說……驍騎營？」

「沒錯，今夜要揍的正是驍騎營。」

少年們沒吭聲，半晌後，全都笑開了。

章同疑惑地問：「軍需之事怎會洩漏？」

「我讓人洩漏的。」暮青答得理直氣壯，眾人甚是無語。

「我不是說過會帶你們報罵營搶馬之仇嗎？」這半個月來，全軍觀練，驍騎營來罵營時沒人理會，想必很想知道水師是如何練兵的，若他們知道有軍需要送來，很可能會劫。劫奪軍需是死罪，驍騎營自然不敢劫為己用，但以他們的作風，很可能會劫下來瞧瞧，一探練兵之法，二可羞辱水師。

暮青道：「特訓的目的在於實戰，我和軍師想盡辦法為你們創造條件，今夜別讓我失望。」

「是！」少年們立刻站直了，別的他們不知，只知都督和軍師拿軍需做餌把驍騎營給坑了，而後要帶著他們去揍人。驍騎營敢劫水師的軍需，就算揍得他們爹娘都認不出來，告到御前，也是他們理虧。

章同忍著翻白眼的衝動，其餘人的嘴都快咧到耳後了。

「走！」暮青一聲令下，帶著人就往京城方向奔去。

雲淡星稀，晦月無光，一隊車馬沿著官道往水師大營而來。

車隊沒舉火把，行路緩慢，約莫走了一半路時，前面的馬車晃了一下，緊接著便停了。

「何故不走了？」

「崔小爺，馬車像是硌著啥了，小的瞧瞧去。」老馬夫下了車轅子，摸黑一探，罵道：「誰這麼陰損，在官道上放大石。」

他撅著屁股從車底爬出，還沒站起，就瞧見前頭星火點點，有人來了！

「山匪？」後頭的馬夫問。

「瞎說！天子腳下的，前頭又是驍騎營又是水師大營的，哪有山匪敢在這兒劫道？應該是都督來接咱們了吧？」

說話的工夫，一隊精騎迎面馳來，為首的是個小將，黑袍鷹靴，馬戴輕鐵，鐵上烙著虎頭。

老馬夫大驚，誰人不識虎頭鐵？這隊人馬是驍騎營的虎騎！

虎騎小將喝問道：「何人夜行？鬼鬼祟祟！」

老馬夫道：「各位軍爺，草民們要往江北水師大營裡送軍需，後頭有位姓崔的小爺是江北水師都督府裡的。」

說話間，一名少年書生整了整青衫，走了過來。

虎騎小將笑問左右：「江北水師？江北地界上有水師？」

「江北水少，哪座大營敢稱水師？莫非是旱鴨子營？」百名精騎齊聲哄笑。

書生施禮道：「這位小將軍，在下崔遠，奉都督之命運送軍需，這是都督府的腰牌，望小將軍過目放行。」

小將接來手中，就著火光一瞧。「瞧我這記性，不看腰牌還想不起來，我朝真有個水師都督，不就是那個……賤役出身的仵作？」

哄笑聲肆起，小將冷笑道：「誰知腰牌是真是假？」

書生答：「小將軍且細看，都督府的腰牌以烏鐵為骨，烙有金花，『水師』二字上有水紋。」

「是嗎？」小將把腰牌提近了細瞧。「在哪兒呢？」

「那兒！」

「哪兒呢？」

「那兒！」

小將問一句，書生就近前一步，正要指給他看，小將手一鬆，腰牌掉在了馬蹄旁。「你撿起來，再指給小爺瞧瞧。」

火光燭地，烏鐵青幽，風裡帶著一絲鐵腥氣。車夫們不敢吱聲，只見書生立在戰馬前，風骨傲然，猶似寒梅。

「不撿就是心虛。」小將道。

「撿就撿！」書生神色隱忍，蹲下身就撿。

小將眼一睇，寒門子弟把風骨看得比命重，今夜肯受此辱，馬車裡裝著的必是祕密軍需。

書生將腰牌撿起，小將眼中寒光一迸，忽然一勒馬韁，戰馬前蹄一揚，踏中書生的前胸，書生登時噴出口血來！

「崔小爺！」老車夫大駭，急忙將書生接住。

「天子腳下，運送軍需為何挑夜裡？想必有鬼！這路段歸驍騎營管轄，不可不查，來人！下馬搜車，把東西都搬出來！」小將一聲令下，百名精騎紛紛下馬，舉著火把往後頭一照——好傢伙，竟有三、四十輛馬車！

小將來到最前面的馬車旁，伸手就去掀簾子，剛掀開一角，手腕忽然被人握住！他剛回頭，一隻拳頭就迎面砸來，一拳就把他的鼻腔砸出了一陣兒熱辣，甜腥漫到嗓子裡，耳中聽見骨裂之聲，隨即便失去了意識。

後頭那輛馬車的兵聞聲轉頭時，喉嚨被人一鎖，往地上一摺，肩膀登時脫臼，慘叫聲被人悶在嘴裡，他看向頭頂時，眼頓時瞪圓了。

官道上不知何時站了百來人，地上也不知何時躺了百來人，看軍袍竟是江北水師的兵！

這些人是何時出現的，驍騎們沒察覺，車夫們卻看得清楚。就在驍騎們察看馬車時，林子裡忽然摸出百來人，一出林子，那些人就跟野狼似的，半人高的山坡一步就躍了上來，背後制敵，一頓狠拳，眨眼之間，人就全躺下了。

火光照著虎騎們鼻血橫流的臉，也照著水師特訓營百名精兵的臉，少年們無不面帶微笑，眼神狠毒。

「都督，他們也太容易收拾了，沒揍過癮！」烏雅阿吉抱怨道。

章同看向暮青，知道這次的實戰機會來之不易，今夜絕不會這麼容易就收兵。

暮青道：「把他們拖到林子裡去，衣裳扒了，你們換上，咱們去驍騎營裡逛逛。」

此言一出，還沒暈過去的虎騎露出驚恐神色，水師的兵人手一個俘虜，就將人拖入了林子。

「你的傷如何？」暮青來到駱成身邊問道。

老車夫扶著駱成，眼睜得老大。「敢問這位可是……英睿都督？」

「正是，今夜讓老人家受驚，實屬不得已。我府裡有人受傷，待我看一下，稍後再向老人家賠罪。」暮青道。

「不敢不敢！」老車夫受寵若驚。

「那就勞煩老人家去安撫一下受了驚的人。」暮青想將老車夫支開，老車夫也是個精明人，立刻便去了。

人一走，暮青就道：「別裝了。」

駱成一笑，果然精神得很，那口血是他用內力逼出來的，作戲罷了。

見駱成沒事，暮青這才進了林子。一進去，她就愣了，地上插著火把，虎騎們被扒了個精光吊在樹上，暈過去的人都被弄醒了，嘴裡含混不清地罵著，所有人的嘴裡都塞了布。

那些布都是白的，一眼望去，還挺一致。

暮青的眼皮忽然跳了跳，這深山老林的，塞嘴的白布哪來的？特訓營的精兵們已經換上了驍騎的軍袍，水師的軍袍都在地上，外袍、中衫、外褲、中褲皆在，唯獨缺了褻褲……

這群小子忒損了！

「都督？」一群少年見到暮青，興奮地拉著她往前走。「來欣賞欣賞！」

「胡鬧！」章同慌亂地往暮青眼前一擋，恨不得身有八丈寬。

「我何時命你們把人扒光的？」暮青面無表情地撥開章同，目測了一下虎騎被吊著的高度，確保沒人吊得太低，這才放了心。

山裡有狼，他們走後，人可不能死了。只要不死人，水師怎麼折騰，朝中都會睜一隻眼閉一隻眼。

章同面紅耳赤，把留下的那套軍袍塞給暮青，催促道：「就剩妳沒換了，快去！」

烏雅阿吉道：「扒一件是扒，全扒了也是扒，為啥不扒光？」

眾人紛紛點頭。「就是就是！」

「嗯，有道理。」暮青看了那幾個點頭點得最狠的兵一眼。「既然你們愛玩鬧，那誘敵的任務就交給你們了。」

「誘敵？」幾個少年眼神一亮。

暮青道：「待會兒你們去趟驍騎營，扮成逃兵，演得像點兒。今夜能引出多少人來，全看你們的演技了。」

「誘敵出營？」章同愣了，驍騎營非朝廷調令不得私出，他們若誘敵，頂多能引出一個營的兵力來。但他們才百來人，不可能勝過兩千騎兵，除非引驍騎營棄馬入林，即便如此，敵我兵力差距也太大，想勝除非……

章同臉色一變。「莫非今夜……」

「沒錯。」暮青直到此時才交了底。「今夜我們只是先鋒，特訓營將全體出戰。」

像今夜這樣的機會可能只此一次，只讓百人參戰太浪費了，她和韓其初早就商量好了，只是把特訓營蒙在鼓裡，想看看他們對突發戰事的應變能力。

一聲全體出戰，少年們無不興奮。

「我去換衣，你們化妝。」暮青抱著衣袍往林子深處去了。

「化啥妝？」少年們沒回過神來。

暮青的聲音從林子裡傳了出來。「你們此刻是虎騎，挨了頓揍，難道不該狼狽些，身上見點兒血？」

「哦……」烏雅阿吉拉了個長調兒，對吊在樹上的虎騎們惡劣地一笑。「對不住，借點兒血。」

其餘人意會，林中悶號聲四起……

暮青只命誘敵的人化得狼狽些，沒想到出來時看見所有人都頂著張血呼呼的臉，再看樹上，虎騎們垂下腦袋，臉腫成了豬頭，當真是扔到家門口，娘都認不出來。

「只是暈過去了。」章同道，這群小子太能胡鬧了。

「走！」人沒死，暮青懶得多看，帶著人便出了林子。

官道上，車下的大石已被搬了出來，駱成裝成傷患倚在車轅上，車夫們已在各自的馬車旁等了。

「你們回城，今夜這條官道會變成戰場。」暮青道。

車夫們一聽，眼都直了。駱成毫不意外，今夜他們就是引驍騎營出來的餌，待會兒兩軍打起來，軍需太重，馬走不快，會拖累水師。

車夫們不敢不從，只好調轉馬車。暮青等人上了戰馬，兵分兩路，一路趕往驍騎大營，一路往水師大營方向馳去。

驍騎營裡，崗哨瞧見火把的亮光，喊：「回來了！」

有人忙開轅門，崗哨又喊：「等等！人數不對！」

這時，十幾精騎已近，前頭的兵跌下馬來，喊：「快報將軍，我們遭水師伏擊，傷亡慘重！」

這兵滿臉是血，轅門裡的人大驚，一撥人馳報大帳，一撥人馳出轅門。

驍騎營裡頓時炸了，將軍陳漢命豹騎營都尉率一營出營，把水師的軍需帶回來，他要把軍需親自送去水師大營門口，好好羞辱一番周二蛋！

於是，一個營的騎兵跟著傷兵去了，馳出約莫五里，果然聽見了殺聲，但情形不太對——沒見到運送軍需的車隊！

「軍需呢？」豹騎都尉問。

領頭的傷兵往前一指。「我們遭伏之處在後面，那幫孫子人多，都尉下令回撤，被他們追過來了。軍需在後頭，由都督府裡的一個書生帶著一群車夫看著。」

豹騎都尉冷笑道：「兵分兩路，一路去劫軍需，一路給老子殺去前頭！」

前路上也就兩、三百人，豹騎千餘人趕到，水師登時就亂了陣腳。

「撤！」將領下令撤兵，水師把被揍慘了的虎騎們丟下就跑。

「追！」豹騎都尉加急馳來，這時，官道兩旁的枯草忽然動了！

半人高的枯草裡扯出數條絆馬繩，官道上頓時人仰馬翻，大軍如潮，後浪推著前浪，馬嘶聲，叫罵聲，嘈雜不休。

豹騎都尉墜下馬來，戰馬眼看要將他壓在下面，忽然有人拽了他一把，那人披著虎頭甲，卻在他的心窩處抵了把刀。

幾個精騎栽進官道下，草叢裡竄出人來，一個手刀劈暈一個！

有個小將墜馬後撞到地上的火把，頭髮噌地燒著。前頭奔來幾人，朝他臉上一通亂打，火滅了，臉也腫了。
有個騎兵勒住戰馬，正為沒墜馬而慶幸，後頸一涼，他看不見後頭，但記得在他身後的是那個回營報信的虎騎兵。
前排的騎兵一個接一個的被揍暈，不知過了多久，豹騎後方停了下來，千餘兵馬望著前方，人馬聲靜，氣氛森涼。
林子裡有二十來人，官道上有數十人，都穿著虎騎袍，滿臉是血，笑容燦爛，唯獨為首之人眉眼乾淨。那人十六、七歲，相貌平平，手裡的刀正抵在豹騎都尉的心窩上，那刀薄到能穿過甲片的縫隙，取人心頭之血。
京城裡有個傳言，說江北水師都督隨身的兵器是剖屍刀，這少年怎麼看都像是傳言中的人。
「英睿都督此舉何意？」豹騎都尉問。
暮青反問：「罵我大營，搶我戰馬，劫我軍需，你說何意？」
豹騎都尉道：「都是兄弟大營之間的玩笑，都督未免當真了吧？」
「哦，兄弟。」暮青冷笑著問：「龜兒子兄弟？」
豹騎們頓時臉紅了，驍騎營天天罵水師龜兒子，如今說是兄弟大營，這不是把自己給罵進去了？
豹騎都尉咬牙罵道：「周二蛋，你們殺傷同僚，明早等著遭彈劾吧！」

「有臉彈劾，我不攔著，但那得等你明早能回到朝中再說。」暮青說著，勒住豹騎都尉就往官道下的林子裡退去。「走！」

「追！」副將下令追趕，但林深草密，戰馬難行，只能下馬。「派個人去瞧瞧那批軍需劫下了沒？把人都調回來！」

一名精騎得令而去，卻迎面遇上了來報信的人，這才知道去劫軍需的兵馬也遇到了絆馬索，兩個屯長被劫進了林子。

兩人回營馳報，驍騎將軍陳漢意識到中了圈套，把暮青的十八代祖宗罵了個遍，急召將領們商議軍情。不一會兒，營中派了兩撥人馬出去，一撥趕往龍武衛大將軍府報信，一撥出營打探戰況。

不料斥候一去不回，陳漢一掌劈翻了桌案，盛怒之下，決定寫奏摺彈劾江北水師。

而此時，兩軍正在山裡動武。

特訓營今夜只接到了一個軍令——進山者，揍之！

罵營搶馬之仇，今夜化為拳風，把驍騎營揍了個心驚膽寒！

山裡到處是老樹枯草，草有半人高，下面埋著樹根，一不小心就是一個跟頭，可水師的兵扛著大活人，竟能在山裡健步如飛。豹騎們明明與水師特訓營的人是前後腳進山的，但僅僅兩刻後，山頂就有人喊話了。

「驍騎營的人聽著！你們都尉已被帶到山頂，不怕死的就上來！」

驍騎們怒不可遏，提刀直奔山頂，剛走到一處山窩子，草叢裡就竄出百來人，徒手搏鬥，卸兵刃、鎖喉頸、過肩摔，眨眼間一人就撂倒兩、三個！在不遠處搜山的驍騎瞧見，提刀奔來，特訓營的兵轉身就跑，毫不戀戰。

驍騎正氣惱，東邊山坡上就響起幾聲哨音，活似調戲大姑娘、小媳婦兒。驍騎奔去東邊山坡，水師的兵放開了拳腳打，打法陰損，專揍要害，揍了人奪了刀就跑，無一戀戰。

驍騎爬起來，西邊山坡上又傳來吆喝聲。有刀的衝過去，一頓悶拳之後，底下觀戰的過去一看，打滾哀號的還是自己人。

這一夜，留給驍騎營的記憶是難忘的。水師的人就像是山裡的一窩兔子，這兒竄起一頭，那兒竄起一頭，起來後一個個杵在山坡上，瞧著真像條漢子，可一把人打了就跑，滑得像泥鰍。

這他娘的啥軍隊？

可就是這樣的軍隊，讓號稱精銳的驍騎營吃盡了苦頭。

這一夜，驍騎營在山裡追了水師半宿，一撥人也沒能攻上山。天色將明時，水師的兵站滿了山坡，瞧著也就是一個營的人，兵力相當。

特訓營俯視著驍騎營，如王者看著敗兵，沒有多餘的言語，晨陽在兩千多將士身後升起，金輝漫山，人如哨卡。

「告訴他們，為何揍他們。」暮青從山頂上下來，章同押著豹騎都尉。特訓營的兵喝道：「犯我水師者，揍！犯我山河者，誅！」

那聲浪如同軍營裡的號子，高闊嘹喨，叫聞者心熱。

這天，暮青帶兵回營前將豹騎都尉放下了山。驍騎將軍陳漢點齊大軍堵住了水師的轅門，暮青帶兵從山裡繞過前營，自後營進了軍中。

驍騎營打沒打得過，堵沒堵得著，把出氣的希望賭在了朝廷的處置上。但等了一天，朝中一點兒消息都沒有，水師大營裡卻傳出了歡呼聲。

點將臺前，依舊只有特訓營才有資格集結，全軍只能目光熾熱地看著。昨夜點兵時，全軍才知道特訓營要去揍驍騎營。昨晚一宿，睡著的沒幾個人，熬到天明，當看見特訓營的兵把長刀掛滿轅門時，全軍沸騰了。

「贏得漂亮。」暮青誇了一句，話鋒一轉：「你們才特訓了半個月，知道為何能贏驍騎營嗎？」

「都督練兵厲害！」

「咱們訓練刻苦！」

章同道：「錯！是軍師用兵如神，官道誘敵，攻敵不備，林中制敵，攻敵短處。軍師知道咱們練兵時日尚短，但耐力比疏於操練的驍騎要好，因此命咱們占據半山坡的地形，誘敵時耗敵體力，對敵時一展所長，對戰後撤離隱蔽，以防敵軍用人海戰術消磨咱們的體力。命咱們取走兵刃，為的是打擊敵軍士氣。昨夜一戰，出其不意攻其不備，揚我之長制敵之短，連士氣都算計到了，乃是軍師用兵如神之功。」

「沒錯！」暮青看向韓其初。「先生請上來。」

韓其初朝暮青一揖，上了點將臺。

「一軍不可無帥，亦不可無軍師，今日起，我正式拜韓先生為軍師。日後見軍師者如見主帥，失禮者軍法論處！」暮青高聲道，這才是她今天的目的。

她一直沒拜韓其初為軍師是因為他無功，全軍未必服他，所以昨夜一戰目的有二：一是檢驗短期特訓成果，提高士氣。二是給韓其初一個用兵的機會，名正言順地拜他為軍師，日後用兵之事交給韓其初，她的擔子也會輕些。

「見過軍師！」萬軍齊喝，聲勢震天。

「此勝與爾等的辛苦特訓自不可分，將士有所長，軍師才能制敵之短。中午加菜，下午安裝軍需，明天繼續特訓。」暮青道。

軍中不得飲酒，加菜就等於慶功了。

晌午時分，特訓營正吃飯，李朝榮率御林衛來了水師大營。

陳漢以為是重罰的旨意到了，卻不料御林衛押著一隊馬車，竟是來給水師送軍需的。

李朝榮道：「陳將軍，你還是回營的好，這會兒聖旨應該到驍騎營了。」

「什麼聖旨？」

「你說呢？驍騎營是龍武衛的精銳之師，江北水師新建，練兵不足一月，吃此敗績，你說朝中會賞誰罰誰？」

陳漢聞言，臉色由青轉白，忙帶人回去了。

李朝榮把軍需送進大營，暮青查驗了一番，說道：「李將軍辛苦了。」

「奉旨辦差，不敢言苦。」李朝榮詫異，他記得初見時，姑娘清冷如霜，如今竟會關懷人了。

「替我謝謝聖上。」

「您還是親自回去謝聖上吧。」

「那得半個月，特訓結束了我才能回城。」暮青之意是讓李朝榮傳個話。

李朝榮會意，抱了抱拳，這才走了。

暮青回了伙頭營，她一直和將士們一同用飯，從不開小灶。

見她回來，少年們問：「都督，咱們把驍騎營給揍了，朝中咋不處置咱們？」

暮青坐下吃飯，頭也不抬。「因為不是只有驍騎營會寫奏摺，我們也會。」

「都督啥時候寫的奏摺？」

「早寫好了。」那天韓其初到大帳議事，他們就把善後的事考慮了。

「奏摺裡寫著啥？」

「軍師擬的，你們問他。」

韓其初放下碗筷，笑容謙和。「奏摺上說，去年邊外，侯爺得一野馬，久馴不化，後沐陛下恩澤而化，隨師還朝，放居於野。驍騎營偶遇神駒，甚喜，捕而不獲，遂遷怒水師，吵擾不休。微臣奉旨練兵，受命以來，日夜憂勞，常以居安思危自省，唯恐練兵不力，有負朝廷所託。臣聞兵法有言：『久練成兵，久戰成軍！』水師新建，不淬血火，難以成軍。臣聞驍騎精銳，故行演練之事，以達磨練兩軍之效。肺腑之言，望君明知。」

少年們聽傻了，石大海問：「軍師，你說的是個啥意思？」

暮青白了韓其初一眼，好好的一個讓將士們心服的機會，他非要文謅謅。

「軍師之意有四。其一，神駒是聖上的，驍騎營抓的是聖上的馬，罵的卻是水師——有病！」

噗！

章同把飯噴了。

「其二，讓我們練兵，只練不打花架子，驍騎營號稱精銳，我們就要挑他揍——沒毛病！」

「其三，我們天天擔心練兵不力對不起朝廷，驍騎營被打成這副熊樣子是自己疏於操練，好意思彈劾我們——要臉不？」

「其四，驍騎營久不經戰事，我們揍他們是為了共同增加實戰經驗。人得居安思危，看看這一仗驍騎營的敗績，想想將來戰事若起，他們護不護得住京師——忠言逆耳，自己琢磨吧！」

全營傻了眼，噴飯之聲此起彼伏。

石大海大笑。「原來是這意思，軍師直說俺們不就懂了？」

韓其初苦笑。「都督！」

暮青吃飽了，放下碗筷就走。「一個時辰後，沙場集合。」

這批新軍需裡，暮青最想要的是滑降索，命人安在了大澤湖對面的絕壁上，並放出話去，半個月後考核，前百名可跟她回京城玩兒一日。

少年們為此嗷嗷拚命了半個月，這期間，驍騎營再沒來罵過。聽說陳漢被罰去看馬場了，豹騎都尉被革了職，虎騎都尉以搶奪軍需之罪被問斬，其餘人各領軍棍五十，攆出軍營發回原籍。

新的驍騎將軍還沒上任，朝中正為此肥缺你爭我搶。此事與暮青無關，特訓結束那天，天上飄起了雨。

春雨如毛，漫山柳黃，暮青到湖邊尋到卿卿，打算帶牠回城見步惜歡。剛上了坡，就見坡下跪了二十來人，赤膊負荊。

「末將們前來請罪，望都督留我等在軍中，他日戰死沙場，不負此生披這一回軍袍！」四大營的軍侯領著西北軍出身的都尉們請留。

今日都督回京城，若不留下他們，他們就會退伍。這身軍袍就像他們的魂，伴隨半生，脫不下了。

「末將們糊塗，還望都督再給末將們一次機會。」盧景山道，細雨打溼了漢子們的濃眉粗臉，眾將的眼眶裡彷彿浸了雨水。

黑雲壓營，湖風溼寒，滾滾悶雷猶如鼓聲。

半晌，暮青道：「好，但需約法三章。」

「都督請說！」

「一，你們嚴重違反軍紀，降職處分；二，從今往後，你們是江北水師的人，需聽從我的軍令；三，我回來後，你們需與全軍一同操練，考核通過，你們留下，考核不過，你們走人。」

眾將領知道，暮青需要嫡系將領，此次本可以以違反軍紀為由將他們退回，但她讓他們留了下來，留下是萬幸，降職已不重要。

眾將領命，暮青下了山坡，帶著卿卿出了大營，百名精兵已在營外整裝待發。

章同沒有來，他的考核成績全營第一，卻想留下看家。眼下水師將領不足，又得罪了驍騎營，他怕主帥不在，驍騎營會來偷襲。

暮青應諾帶上了魏卓之，她率先上馬，剛坐穩，忽覺小腹一陣兒扎疼。

「怎麼了？」月殺問。

「沒事。」暮青以為是春雨溼寒所致，沒當回事。「急行軍，傍晚前進城。」

第六章

紅衣女屍

京城的荷花巷裡有間雅致的戲臺，杏花滿園，乍遇春雨，戲臺四周生了水霧，三面閣樓圍著戲臺，臨窗望去，臺上的名伶猶如瑤池仙子。

杏春班今日被水師包了場子，雅閣裡擺開了十大桌，桌上佳餚精緻，少年們低著頭，不敢看戲臺上美如仙子的名伶，只盯著桌上的佳餚。

「不必拘禮，開席吧。」暮青說罷，問魏卓之：「你不是要尋故人？」

「那故人小家子氣，吃飽了再去為好，免得餓著肚子被攆出來。」魏卓之當先動筷，笑容似盼又怯，一口菜嚼到無味才嚥下。

這神情似曾相識，暮青一想，不正是她近來去湖邊獨坐時瞧見的自己的神情？

魏卓之要尋的故人，必定是他此生至愛。

「魏大人要去見誰？」

「大姑娘？小媳婦？老相好？」

魏卓之人緣好，一群少年開玩笑心無顧忌，氣氛頓時活了起來。

魏卓之把扇子一打，笑道：「公子我家有未婚妻，年方十八，名喚小芳。」

少年們嘻嘻哈哈地往細處問，魏卓之卻不作答了。

這時，西雅閣二樓的一間屋子裡忽然掌了燈。

今夜都督府包了園子，西閣裡怎會有人？

少頃，班主前來道：「叨擾都督了，有位貴客請都督過去一敘。」

暮青沒多問，只讓班主帶路。

雅閣中間有廊，過了曲廊，上了西樓，班主把暮青送到門口就退下了。暮青推門走了進去，屋裡除了元修，還有兩人。

一人穿著身松墨華袍，玉面粉脣，紈褲矜貴，不是鎮國公府的小公爺季延，還能有誰？

一人是個貴族少年，生著雙明眸，活潑靈動，一瞧就是女扮男裝——元修的胞妹元鈺。

怪不得班主讓人進來，盛京城裡哪有人敢得罪這三位。

「我不知道你有摸黑吃飯的習慣。」暮青坐下道。

「我有什麼習慣是妳知道的？」元修臨窗而坐，望臺飲酒，酒有杏花香，人卻苦滿懷。

一別月餘，練兵這麼大的動靜，元修都沒去看過，暮青猜想他還在為那天的事生氣，今日一見，果然是。

暮青起身就走。「你想找人談心，我奉陪。你若憋著不說，只想陰陽怪氣的，那就等清醒了再找我。」

砰！

元修將酒壺往桌上一放，惱道：「回來！」

窗外雨寒，暮青回身，眸光寒傲勝雪。

元鈺看奇人一樣地看著暮青，她少見哥哥動氣，英睿都督可真有本事。

季延笑著勸架。「我說，你們倆……」

「閉嘴！」元修和暮青齊聲喝斥。

季延氣笑了。「小爺招誰惹誰了？」

暮青回去坐下。「何事？說吧！」

元修道：「想讓妳見見這小子，我向朝中舉薦了他為驍騎將軍，過幾日就上任。」

暮青一愣。

季延笑道：「這算不算因禍得福？撈到這肥差，莫說思過三個月，就是三年也值當！」

元鈺道：「瞧你那出息！好男兒當心懷抱負，在家中等著肥差往頭上落算什麼男兒？」

季延一個彈指彈到了元鈺的腦門上，笑罵：「妳個小丫頭，知道什麼是男兒？」

「我就知道！天下間頂天立地的男兒當如我哥哥，如英睿都督，反正不是你。」

「嘿！我說，你們今兒都衝我來了是吧？」

「行了！」元修看向元鈺，目光柔和了些。「妳和季延在此聽戲，我與英睿出去走走。」

元鈺一聽就知道元修和暮青有事相商，她本想問問暮青痛揍驍騎營的事，卻只能識趣地在屋裡等了。

元修和暮青出了房間，到了廊上才停下來。曲廊幽深，一枝杏花探來，淡著胭脂淺凝露，串串燈籠紅影映著，恰似女兒柔態。

暮青道：「多謝。」

元修薦了季延為驍騎將軍，日後兩軍興許能結成友軍，時常演練。朝中給水師的練兵時日只有一年，實戰演練有多重要，她很清楚，元修的安排幫了大忙。

元修吸了口春雨的涼氣，笑容蒼涼破碎。「妳真有把人氣瘋的本事。」

「一事歸一事。」

「少來！我是為我自己。」廊外曲聲悠悠，和著雨聲，分外悠長。元修目光如潭。「阿青，後日我就要回西北了。」

暮青聞言怔在廊下。

元修舒心了些，她還是掛心他的。

「五胡因神甲之事相互猜忌，眼看要開戰，邊關久無主帥不行，我回去坐鎮，能保邊關無事。妳放心，一年後狄部與朝廷和親時，我會回來，水師閱兵時我會在，不會讓妳出事。鎮國公是我的啟蒙老師，季延與我親厚，驍騎營交給他，一是為妳，二是為我。」

元修看向戲臺，笑意微嘲。自從死過一次，他就清醒了。他避走西北，勸也勸過，吵也吵過，捱過家法，也以死明志過，可都沒用。他麾下只有一支西北軍，在朝中想說話有分量，唯有自營一黨。鎮國公府是他這一派的，驍騎營戍衛京畿，其位甚重，日後盛京若有亂子，驍騎營必有大助。

「我說過，妳未嫁他未娶，我不會放手。」該放手的是那人，他想要江山，他就助他奪江山，可江山與心愛之人，他總得有一樣放手。

暮青待要接話，元修轉身就走，他對她的心思是他的事，就算是她也不能插手。

元修的背影消失在廊上，暮青嘆了一聲。他為她，她感激；他為自己，她高興。至少他找到了一條想走的路，不必夾在忠孝之間，受兩難之苦，可以前那個一心報國、至真坦蕩的兒郎卻回不來了。

暮青在廊上吹了會兒風，要回去時，小腹又傳來一陣刺痛。她急忙扶住欄杆，剛出營時，她覺得是體內寒氣未清之故，可此時又痛，再不明白就是傻了。

這是……信期將至？

巫瑾的藥不是藥性溫和嗎？

暮青不解，但特訓營還在等著，她忍了片刻便急忙回去，不料剛轉過廊角，就撞上了月殺。

月殺問：「妳真沒事？」

「沒事。」暮青悶頭回到了席間。

魏卓之正講江湖事，一群少年聽得入迷，月殺過了半晌才回來，一頓晚餐吃了不少時辰。暮青點了兩齣戲，眾人三更時分才離開了杏春園。

荷花巷裡有家客棧被包了下來，今晚眾人就在客棧裡歇息。劉黑子、石大海和特訓營的少年們一起住在客棧裡，以防夜裡有事。

暮青和月殺回都督府，臨走時給了劉黑子一張銀票。「明早去錢莊兌出來，一人發十兩銀子，讓他們在外城逛逛，但別惹事。」

劉黑子應是，暮青和月殺上了戰馬便往內城馳去。

「等等！」魏卓之騎馬跟了上來。「忘了答應過我，要帶我進城了？」

魏卓之要進內城？

暮青一愣，怪不得他的易容術冠絕天下，卻得求她帶他進城，原來想進的是內城。

「那走吧，但明早要回府。」暮青沒興趣打聽別人的私事，只是囑咐了一句。

魏卓之衝暮青拱了拱手，算是謝過。

三人結伴而行，經過一條巷子時，月殺將兩人帶進了巷子裡。巷子裡停了輛馬車，卿卿低嗚一聲，歡快地圍著馬車轉了起來。

車裡傳來一聲低笑，簾子一打，步惜歡下了馬車。

春雨淅瀝，月隱深巷，男子執傘而立，攏著一袖春雨月色，笑容獨好。

「還不下馬？身子不好，偏要雨中行路。」步惜歡沒好氣地對暮青伸出手，舉止聲音帶著骨子裡的懶。待將暮青牽下馬來，他才撫了撫卿卿的鬃毛，問道：「許久不見，近來可好？」

卿卿打了個響鼻。

步惜歡笑道：「來得正好，有事要你幫忙。」

卿卿昂起頭來，腦袋一偏。

步惜歡道：「她身子不適，我帶她去看郎中，安排了個人扮成她回府。城門的守將識得她，我擔心盤問過多，扮她的人會露餡兒，你乃神駒，勞煩陪他們一起過城門，守將見了你必定被你的神駿折服，一分心，他們的險也就化了。」
暮青無語，魏卓之咳了聲。這人想帶心愛之人獨行，擔心神駒跟著會暴露行蹤，竟騙神駒先回府，連馬都坑，真沒良心！
卿卿甩著尾巴就走，走了幾步回頭看向月殺和魏卓之，那鼻孔朝天的模樣似乎是在說——還不跟本王走？
「上車。」步惜歡牽過暮青的手，眸底露出憂色，她的手怎麼這麼涼？
暮青上了馬車，步惜歡坐了進來，說道：「把面具摘了，遞給外頭之人。」
馬車角落裡置著盞白玉燈，面具一摘，暮青清瘦的臉上便顯出蒼白之色來。
步惜歡目光一沉，將面具遞了出去，對車夫道：「走！」
暮青知道步惜歡說的是去瑾王府，巫瑾應該知道她是女兒身了。她回軍營前，步惜歡親自去求藥，鄂女草是專養女子身子的，巫瑾怎會猜不出來？
夜已深了，馬車停在了一間觀音廟前，暮青來過兩回了，卻不知密道中還有一條岔路通向瑾王府。
兩人一下石階，步惜歡便將暮青抱了起來。
暮青道：「我能走。」
步惜歡沒接話。他行事向來帶著那麼股子漫不經心，此刻卻走得很急，密道裡生了風，油燈的火苗晃得臉色忽明忽暗。

暮青望著步惜歡——抿脣，嘴角下拉，目光焦距鎖定，他緊張，而且心情不佳。

「生氣了？」暮青問。

步惜歡還是不接話，只往前走。

暮青挑了挑眉——好吧，他現在不想談心。

這時，小腹又傳來疼痛，她只好閉上眼強忍著。

步惜歡垂眸看了暮青一眼。她難得乖巧地依偎在他懷裡，不那麼清冷疏離，似尋常女子，可那張清瘦的臉卻煞白如雪。

他的步伐不由又快了些，氣度莫名懾人。「一放妳走，回來時總是這副模樣，妳真有折騰自己的本事。」

暮青睜開眼道：「這不是病，我沒折騰自己。」

步惜歡哼笑道：「嗯，妳沒折騰自己，淨折騰別人了。」

「那些人不是我折騰的。」暮青闡述事實。

「哦？」步惜歡的眸底浮起笑意來。「我說的是練兵之事，妳說的是何事？」

暮青這才知道自己想多了，不由把眼一閉，不理人了。她把臉埋進步惜歡的懷裡，聞著那清苦的松香，耳根在躍動的燈影裡微微發紅。

步惜歡瞧著那小巧的耳珠，覺得煞是可愛，忍不住問道：「我送去的絹畫可好看？」
暮青還是閉著眼。「人就在此，何需看畫？」
步惜歡笑了聲，咬牙切齒。「妳身子不適，知道我不會拿妳如何，所以成心的是吧？」
暮青沉默以對，算是默認。
這時，步惜歡停下腳步，拐彎處有道石門，門後有另一條密道，密道上頭是一間臥房，密道口在暖榻之下。
步惜歡一出密道就將暮青放到榻上，開門吩咐：「讓你們王爺速來！」

瑾王府裡的擺設清雅自然，烏竹榻、藤花枕、窗臺前掛著的鳥籠裡養著銀絲雀，花瓶裡養著的都是藥草，百花如星，細碎爛漫。
屋裡的藥香有安神之效，暮青昏昏欲睡。巫瑾來時，見步惜歡坐在榻旁，握著榻上之人的手。
那人身披白甲，簪著銀冠，是三品武官的戰袍，穿此戰袍之人卻是個少女。少女昏昏欲睡，聽見他來，睜開眼望了過來。

巫瑾如遭雷擊，手不覺一鬆，藥箱一跌，藥包散落了一地。

步惜歡淡淡地道：「你來瞧瞧。」

巫瑾卻依舊看著暮青出神。

暮青不由疑惑，巫瑾既已知道她是女子，不至於如此才是。正想著，腹痛又至，她臉色煞白，巫瑾這才走了過來，翻過暮青的手腕為她把脈，他有潔癖，情急之下竟沒搭帕子。

「我給妳的藥可有按醫囑服用？」巫瑾的語氣有些責怪。

「有。」

「聖丹呢？」

「服過一粒。」

「何種情形下服的？」

「我回水師大營那夜……」暮青回憶著，忽然愣住，隨後如實道：「那夜我潛入軍中，東西大營間有條水壕，我下水壕前服了一粒，但沒想到水壕結著冰。」

巫瑾嘆了一聲：「鄂女草之效霸烈，春日水涼，此草剛好可驅寒毒。可妳服了藥卻未入水，體內的寒毒忽遭驅除，腹痛難忍實屬必然。」

步惜歡聽明白了，這是信期將至之意。「可有影響？」

「她的身子本需慢慢調理，緩緩而治，不必遭罪。但如今寒毒一朝遭驅，信期逼至，自是要遭些罪。日後忌生冷辛辣之物，切記避寒，我再開張方子，溫和調理，一年時日或可緩緩而癒。這一年，她的信期不會太準，每至必將辛苦。」巫瑾說罷便往外走。「我去熬藥，後園有溫泉水，泡半個時辰，可緩解痛楚。」

巫瑾生在南國，一向畏寒，後園有一池溫泉水，池上有一竹屋，屋裡竹几藤團，畫屏小榻，瑤琴香爐，雅致如世外仙廬。竹屋南角溫泉水暖，四周砌松石，如在山間。

「喜歡？」步惜歡問。

暮青沒接話，只示意他避開，她要寬衣。

步惜歡自然不肯。「娘子身嬌體貴，這等事怎能勞娘子親自動手？」

「我半個月前才率兵摸過驍騎營。」暮青提醒，卻沒阻止步惜歡為她寬衣。兩人耳鬢廝磨的次數也不少了，步惜歡從未失過分寸，今晚她身子不適，他就更不會方寸有失了。

竹廬簡樸雅致，香湯氤氳如夢，彷彿他們是人世間一對尋常夫妻。窗外春雨細密還疏，窗內他為她去簪寬衣，若再添一道窗花，當真如洞房花燭夜。

怕暮青腹痛時嗆著水，步惜歡抱著她入了水。溫泉邊砌了石臺，溫泉水暖，暮青一入水便覺得腹痛舒緩了些，於是倚著人閉上了眼。

她枕在他懷裡，如墨青絲襯得一張清絕的容顏如同二月春花，風姿世間無雙。想當初，她清卓冷傲，不懂兒女情長，他費盡心思才將她捂熱了，卻沒照顧好她。

步惜歡擔憂暮青腹痛難忍，於是沒話找話：「娘子何時為為夫作畫一幅，為夫可等著呢。」

暮青閉著眼答：「不能。」

「為何？不是說有此技？」

「我是有此技，只怕你不行。」

「……何意？」

「作畫少則一個時辰，我能畫一個時辰，你能撐一個時辰嗎？」

步惜歡默然良久，笑聲自胸膛裡傳來。

「青青。」他笑了許久，笑罷喚她。

「嗯？」暮青篤定步惜歡不會碰她，有恃無恐的感覺真不錯。

「我們日後終是要成親的。」

「然後？」

「妳總要給自己留條後路。」

「……」

兩人邊泡溫泉邊說話，下人將湯藥和衣袍送到了門口，暮青喝了藥又泡了會兒，直到睡著了，步惜歡才將她抱出。

這夜，兩人宿在瑾王府裡。春雨下了一夜，清晨竹香滿園，涼意刺骨，暮青醒來時覺神清氣爽。

「王爺備了早膳，請陛下和都督前去花廳用膳。」老管家低著頭稟罷，待暮青和步惜歡走了才喃喃地道：「怎會如此之像……」

早膳是南邊的口味，甚合暮青的胃口。

「廚子是我從南圖帶來的，不知都督可覺得正宗？」巫瑾為暮青夾了只素包放進了碗碟裡。

暮青聽出巫瑾話裡有話，於是道：「我沒去過南圖，不知味道正宗與否，但我生在江南，這桌早膳我很喜歡。自從去了西北就沒吃過南邊的味道了，多謝王爺。」

巫瑾笑道：「我視都督為友，都督無需客氣。」

暮青等的就是這句話。「那我有一事想問，還望王爺如實相告。」

「都督請問。」

「昨夜王爺見到我甚是震驚，莫非我與誰有些相像？」暮青想來想去，只有這個可能。

哪知巫瑾正欲答話，花廳外忽然落下一人。

「主子，月殺請都督速回，出事了！」月影奉上面具和密奏，方才接著稟道：「杏春園裡死了個戲子，水師的人被府衙扣下了。」

暮青神情一凜，戴上面具便匆匆與巫瑾道了別，原路趕回了都督府。

魏卓之沒回來，步惜歡今夜才回內務府，於是扮作月殺，與暮青一起往杏春園趕去。

荷花巷口擠滿了百姓，衙差將牌坊四周隔出了一塊空地，一個身穿大紅戲袍、化著戲妝的女子被一根白綾吊在荷花巷外的牌坊下，舌出一寸，眼描胭紅，活似厲鬼。

女屍的腳離地面約莫五尺，紅袍異常寬大，晨風從後巷而來，拂著女屍的裙角，雨氣裡夾雜著血腥氣。

鄭廣齊正在牌坊下溜達，邊溜達邊催促：「再派人去看看，都督怎麼還沒到？」

話音落時，忽聞一道嘶鳴聲，百姓讓出條路來，暮青躍下馬來問道：「我的人呢？」

「都看管在客棧裡。」鄭廣齊哪敢惹閻王？他不敢拘水師的兵，只派人將客棧圍住了。

暮青來到牌坊下，仰頭看向女屍。「何時發現的屍體？」

「卯時末。」

「何人發現的？」

「杏春園裡打雜的學徒。」

暮青問一句，鄭廣齊答一句，百姓不由嘖嘖稱奇。鄭大人平時好大的官威，怎麼今日慫成這樣？

暮青來到牌坊下方，先看了眼地上。荷花巷子裡鋪著青石磚，一夜的春雨已經把青石上可能留下的痕跡沖刷殆盡了。

她又仰頭看向女屍，牌坊高三丈，屍體離地約莫一人高，腳上穿著鴛鴦紅鞋，鞋面鞋底都無泥漬。

暮青吩咐衙差把長梯搬來，她聞見了血腥氣，而她正站在女屍裙下。女屍穿著條大紅綢褲，褲腳被兩根紅繩紮著，兩條褲腳很詭異，詭異的……細！

兩個衙差把長梯搭在牌坊樓上，步惜歡扶著梯子，暮青爬了上去。只見白綾打著死結，繩結盡處有泥水漬，左側有一尺長的邊緣磨出了毛邊，門樓的石縫裡有條刮下來的碎布。

暮青將碎布收進袖甲裡，對衙差道：「備一條草席，再搬把長梯來，來個人跟我一起把屍體放下去。」

這才開春兒就要抱屍，還是具紅衣女屍，沒人願意沾晦氣，鄭廣齊只好指了一人。

那倒楣的捕快爬上梯子，苦哈哈地去抱屍。哪知剛抱上女屍的腿，捕快便驚叫一聲，一個趔趄就跌下了長梯！

百姓驚呼，牌坊三丈高，人跌下來，那腦袋不得跟摔瓜似的，砰的一聲，紅白一地？

說時遲那時快，巷口一聲戰馬長嘶，一人縱來，墨袍遮了晨陽，似大鷹逐日，烈風颳得人紛紛抬袖捂住頭臉。待那烈風停歇，那人拎著捕快的衣領在晨風裡立著，如戰神降臨。

元修放開捕快，輕身一縱便上了長梯，目光卻落在下方的月殺身上。月殺明明能出手救人，沒出手只能說明此人不是他。

分。

步惜歡望向元修，兩人目光相接，沒有言語，雨後的晨陽卻莫名刺眼了幾

遠處，季延和元鈺坐在馬上，一個沒心沒肺，一個滿眼好奇。

「解吧。」元修抱住屍腿，眉頭緊鎖。「這女屍不對勁，最好快些放下去看看。」

死結不好解，暮青頗費了一番工夫，白綾解開的一瞬，元修拎著屍體躍了下去，將女屍放到了草席上。

暮青下來後，將白綾塞給衙差，穿戴好驗屍的行頭後便在屍旁蹲了下來。

「人是被勒死的，頸部有道青紫的縊溝，深且窄，交匝於頸後，壓痕呈旋轉形，縊溝周圍的表皮有磨損，說明凶器是一根細麻繩。死者頸部還有一道淺而寬的縊溝，可見折疊、扭轉、寬窄不均的情況，是寬布條的典型勒痕，應該是由那條白綾所致。但縊溝呈白色，說明凶手是用細麻繩將人勒死之後才用白綾將人懸來此處的。」

死因、凶器都驗明了，暮青又翻了翻女屍的眼皮子。「角膜混濁程度極輕，死亡時間尚不足六個時辰。」

這是必然的，昨夜水師從杏春園離開時已是三更，而此時是早晨，人必定是死在這段時間之內的，這段時間只有四個時辰。

但僅憑角膜混濁程度不能精確地推斷死亡時間，因此暮青解了女死者的衣帶。百姓兩眼發直，按律驗看女屍應抬去屋裡，沒見過在大街上驗的。但這樣想著，許多人的眼卻睜得老大，生怕瞧不見那嬌美的身子。

世人有時就是如此道貌岸然。

因擔憂搬屍會造成人為損傷，因此暮青選擇就地驗屍。死者的中衣也是紅的，袖口也用紅繩紮著，瘦得就像是墳前紮著的紙人，十分詭異。

暮青解開紅繩，將中衣一寬，四周頓時一靜！

只見女屍穿著肚兜，兜上繡著豔麗的五彩鴛鴦，貼著的卻是一副血淋淋的骨架子——女屍身上的肉被剔光了。

一具貌美的女屍，裙下光景慘烈，一時間嘔聲不絕。

季延打趣元鈺：「早說不讓妳跟來，妳偏要來。」

元鈺臉色發白，卻不肯下馬。「我是來看都督斷案的，既然敢來就不會被嚇回去。」

暮青對周遭事充耳不聞，她看了看女屍的嘴，而後脫去女屍的鞋襪，握了握屍足，說道：「屍面和手腳都已僵硬，角膜微濁，嘴唇微皺，死亡時間是三到六個時辰之前。若要再精確些，則需要一樣東西。」

「何物？」元修問。

暮青望向季延。「勞煩小公爺跑一趟王府，問問王爺府裡可有顛茄、洋金花，抑或莨菪，其中一樣即可。」

人死後五、六個小時內還有瞳孔反應，但觀察瞳孔反應需藉助阿托品類的藥物，這三種藥草皆是提取阿托品的生物藥草。

季延去後，暮青又命衙差將杏春班裡的人、特訓營的精兵及客棧的掌櫃小二都帶來——她要當街審案！

昨天都督府包了杏春園，特訓營裡的人都有嫌疑。此案若關起門來審，市井裡不知要編排出什麼話來，暮青不允許水師的名聲受損，自要當眾洗脫嫌疑。

衙差們先回來了，特訓營的少年們揍驍騎時天不怕地不怕，攤上人命官司卻有些懼，看到暮青時齊呼：「都督！」

暮青道：「我沒問話，不得出聲。」

少年們如聞軍令，立刻站直了。

約莫半個時辰後，季延把巫瑾一起帶回來了。

巫瑾瞧見女屍時蹙了蹙眉頭，打開藥箱說道：「季小公爺來尋藥草，本王不知都督有何用處，便都帶來了。」

暮青謝過巫瑾，抓了一把莨菪搗碎調成濃汁，取了根藥草桿沾了一滴，撐開女屍的眼皮便將藥汁滴了進去。

陽光照進屍目，藥汁散開，只見屍瞳微微一散！

「詐屍了！」一個捕快叫道。

「妙！」巫瑾心悅誠服。這三種藥草皆是毒草，莨菪服之有哭笑不止、譫語幻覺、瞳仁散大等症，沒想到這致人瞳仁散大之效竟能用於驗屍。

「屍僵全身出現，角膜微濁，嘴脣皺縮，瞳孔仍有反應，推斷死亡時間為兩到三個時辰前。」暮青重新推斷了死亡時間，而後問掌櫃：「昨夜丑時到寅時，可有人出過客棧？」

掌櫃看向小二，小二慌忙搖頭，目光閃爍。

暮青喝道：「拖下去杖責！」

衙役應聲拿人，小二嚇癱在地，喊：「都督饒命！小的不知軍爺們昨夜出沒出過客棧，下半夜小的睏了，在帳臺底下……貓了一覺。」

元修皺眉，這可對水師不利。

暮青不急，又問班主：「昨夜丑時到寅時，可有人來過戲園？」

班主道：「回都督，昨夜是都督府包的場，都督和軍爺們雖然走得早，但既然被包了場，小的哪敢再開園接客？」

「是嗎？」暮青冷笑，「沒人來過便沒人來過，何故解釋這許多？又是一個扯謊的。」「我看你也需要堂杖伺候。」

班主慌忙叩頭。「小的說的都是實話，都督不能屈打成招啊！」

暮青冷笑著問：「如此說來，昨夜宴散之後，杏春園裡的人便都歇息了？」

「正是。」

「無人進入過園子？」

「無人！」

「好！」暮青說罷便脫了屍褲，靠長裙的遮掩鑽進了女屍裙下。

元鈺呀的一聲捂住眼睛，臉頰飛紅。

季延兩眼發直，他一直覺得他葷素不忌，可這小子的口味比他重多了！

少頃，暮青從裙下退出，手套上沾著晶瑩的水漬。

「死者昨夜與人行過房。」暮青將手心朝向班主，彷彿要一巴掌拍在他臉上。「你說昨夜無人出入過園子，那我可以推斷昨夜與她行房之人就在杏春班裡嗎？」

「啊？這……」

「還不肯說實話？這東西略帶黃綠之色，此人房事無節，有花柳之症。」

班主聞言眼神躲閃，仍有遲疑之態。

暮青換了個問題：「昨夜你們何時用的晚餐？」

班主答：「都督和軍爺們走後，小的們才用晚餐。」

「飯食有哪些？」

「這得問春娘院兒裡的人，她是紅牌，有小廚房，小的不過問。」班主看向一個約莫十歲大的丫鬟。

小丫鬟怯怯地道：「回都督，春娘吃了兩塊紅棗米糕，她養身段兒，夜裡從不多食。」

暮青點了點頭，將這手套收當證物，又拿了副新手套戴上，隨後解開了女屍的肚兜。

屍腹上只留了層薄肉，裹著肚腸，暮青挑了把解剖刀，落刀之快，讓人來不及阻止。

一股子說不出來的味兒撲面而出，暮青將女屍的胃液往碗裡一倒，那酸氣頓時叫圍觀的人把膽汁都吐了出來。

元修瞥見元鈺在馬背上搖搖欲墜，急忙飛身而起，一把將她拎出了巷子。步惜歡屏息及時，倒能淡然處之；巫瑾臉色蒼白，若非想聽高論，只怕早就拂袖而去了。

季延吐了個天昏地暗，指著暮青道：「小爺……被你害得隔夜飯都吐出來了……」

「隔夜飯是吐不出來的。」暮青使鑷子從碗裡往外捏食物渣。「食物消化是有時間的，以米飯和蔬果為例，一個時辰內，飯粒和蔬菜的外形還會較完整，只有少量食物可進入十二指腸；但兩個時辰內，胃內的食物就會全變成乳糜狀，只能見到極少的飯粒和蔬菜渣；進食三個時辰，胃內會排空，僅存一些粗皮纖維或硬蔬菜皮。昨夜至今你進食已有五、六個時辰，早消化沒了，想吐也吐不出來，吐出來的一定是今天的早餐。」

季延：「……」

「死者昨夜三更進食，只吃了兩塊紅棗米糕，已有四個時辰，米糕早該進入腸道了。幸運的話，能在她的胃裡找到零星的棗皮，那現在她胃裡有何物，可以來看看。」暮青邊說邊將食物渣鑷起細看。

「粗纖維，帶著筋，應是牛羊肉。」暮青將肉放到一旁，又鑷起一塊。「小片，暗綠，透光可見脈絡，是青菜。」

「白糜狀，仍可見纖維，是雞鴨一類的肉。」

「這塊是肉。」

「這是菜梗。」

「胃液裡有酒糟氣，她喝過酒。」

暮青把食物殘渣一一放到草席上，問班主：「一個好消息和一個壞消息，你想先聽哪個？」

班主膽汁都快吐出來了，哪還回得了話？

暮青道：「你精神不太好，那就先聽好消息吧。好消息是，死亡時間更精確了。肉比米蔬難消化，死者的胃裡有少量的菜梗和較多的肉類，說明三個時辰前，也就是昨夜丑時，死者還活著。壞消息是，你的人說死者昨夜子時只吃了兩塊紅棗米糕，那誰來解釋一下她胃裡怎會有肉？」

班主一句也答不出來。

暮青道：「我是子時前走的，一個時辰後，春娘吃過酒菜，她愛惜身段兒，子時才用過餐，丑時萬萬沒有再吃的道理，必是在陪貴客，之後還行過房事。那人被酒色掏空了身子，非富即貴，還不說是誰？」

「我說！我說！」班主服了，也怕了。「昨夜春娘出過園子，去的是司馬公子府中，外城守尉司馬大人的嫡長子，司馬敬公子。」

內外城守尉專司城門布防，正四品武職，職責極重，歷朝歷代都由皇帝的心腹近臣擔任。大興相權為大，司馬家是元黨，怪不得班主不敢招供。

暮青問：「司馬敬和春娘常來往？」

班主道：「是，半年前，公子將春娘包了，常點春娘到府裡伺候。昨日公子本想來聽戲，沒想到都督包了場子。小的怕公子不痛快，夜裡就派春娘去了府上。」

「你真為顧客著想，春娘去時已過三更，司馬府是她想進便能進的？」士族門第家規甚嚴，嫡長子養戲子是醜事，夜裡鎖門後能讓戲子隨意進出府邸？

「司馬府有間外宅，公子與春娘一向在那裡相會。」

「那你怎知他昨夜不在本家，而在外宅？」

「因為約莫十日前，司馬公子提出想納春娘為妾，司馬大人對公子動了家法，把他攆到了莊子上。昨日傍晚，公子偷偷回城想見春娘，那時天色已晚城門已關，小的猜公子定然歇在外宅。」

暮青聽罷，陷入了深思。

這時，季延道：「這事是真的，也不是真的。司馬敬挨了家法不假，可挨得不重，就他那身子，一頓家法不得打死了？他那病不光彩，司馬家藉此事把他攆到莊子上，其實是請了江湖上擅治髒病的郎中給他醫治身子。」

「司馬家為何不請王爺？」暮青問，顯然巫瑾的醫術比江湖郎中高超許多，那為何司馬家不請巫瑾？

季延詫異了，巫瑾待人疏離得很，除了宮中和相府，其他府第想請他出診，千求萬求也不一定求得去。

他醫病的規矩大得很，王府的烏竹林外常年掛著只木牌子，上頭寫著他想要的藥材，奇蟲猛獸，珍貴難尋。拿得來的，他才出診，沒有的，絕不登門。

這世上恐怕也就周二蛋這小子把巫瑾當個普通郎中用！

「我不醫髒病。」巫瑾見暮青看來，不由撇開臉，那神情就像雪原上高潔的花兒，不欲染塵埃，卻被塵埃所染。

暮青愣了愣。

季延接著道：「司馬敬自幼由老太太教養，被寵成了這副德行。他十三歲時瞧上了他爹妾室屋裡的丫頭，逼得那丫頭投了井，老太太反怪兒子的妾室縱容丫頭勾引嫡長孫，把那妾送去了庵子裡。半年前，司馬敬搞大了老太太丫頭的肚子，老太太才知道不能再縱著他了，但也沒重罰，只讓他住到外宅自省，結果他又看上了戲子，還回去說要納妾。」

「司馬敬多大年歲，娶妻了沒？」

「十九，早該娶妻了，只是門第低些的，老太太瞧不上；門第相當的，人家瞧不上司馬敬，婚事就一直拖著了。」

「司馬敬的娘親是何出身？」

「司馬夫人是刑曹尚書林大人的胞妹，端莊嫻靜，只是上有霸道婆母，下有不成器的兒子，她也是個苦命人。」

暮青略一沉吟，又請季延辦差。「那就勞你和捕快去把人綁來。」

此言一出，鄭廣齊詫異地問：「都督認為，凶手是司馬公子？」

季延同有此惑。「那小子病懨懨的，房事都未必行，殺人也得有那力氣！」

「我說綁人就綁人。」暮青沒解釋，只是態度堅決。

季延只好招呼捕快出了巷子。

暮青接著道：「有勞鄭大人回府準備堂審，此案性質惡劣，望大人公審，以安民心。」

「應該的，斷案拿凶原是本官的職責，此番倒是有勞都督了。」鄭廣齊客氣了一句便帶著人走了。

步惜歡低聲道：「鄭廣齊必是向林府和司馬府報信去了。」

「怕的是他不報信，此案不熱鬧審不了。」暮青說罷，處理了屍身上的切口，為女屍穿好衣衫，紮好袖口，而後才道：「走，去府衙。」

第七章

第二凶手

衙門公審，看熱鬧的百姓擠滿了長街。

只見府尹坐堂，鎮軍侯和瑾王居左，英睿都督和親衛長居右，水師的兵候在堂外。

司馬敬被綁進府衙，人瘦得皮包骨，臉白眼青，一副被酒色掏空了身子的病弱之態。

一到堂上，司馬敬就斥問：「鄭大人何意？凶手就在堂上坐著，你派人來綁本公子？」

鄭廣齊瞥了暮青一眼。

暮青道：「我讓他綁你來的。」

司馬敬險些氣暈。「本公子倒不知府尹換人了？鄭大人將本公子綁來，可想過如何跟林尚書交代？」

鄭廣齊聞言大皺眉頭，司馬敬責他聽人之命行事，自己還不是拿他舅舅壓他？誰都沒把他這府尹當回事，天底下最難當的就是皇城府官，權貴太多，誰也得罪不得。

司馬敬知道鄭廣齊誰也不敢得罪，於是索性與暮青對質了起來。「昨夜杏春園是你們包的，誰知哪個見春娘貌美就生了歹心？這會兒倒賊喊捉賊了！」

暮青命人將班主傳來，問道：「昨夜春娘出去後，可曾回來過？」

班主佝著答道：「沒有。」

暮青這才對司馬敬道：「我昨夜三更離園，春娘用了晚餐就去了你那裡，她一夜未歸，你說誰的嫌疑大？我包了園子，我的人隨時都能出入，若有人對春娘起了色心，入園尋她就是，何需殺人？且她一夜未歸，我的人能到何處殺人去？」

司馬敬嗤笑：「興許是你的人沒等到春娘，回客棧時正巧撞見她回來，想起你們包了場子，她還出園接客，一怒之下就殺了她。」

暮青問：「你的意思是，昨夜你與春娘私會後，讓她回了杏春園？」

「自然！」

「那春娘死了，轎夫呢？」

此乃此案的疑點之一，昨天下雨，春娘外出不可能不乘車轎。春娘死了，轎夫何在？

班主道：「轎夫回來了，他們把春娘送到公子府上後就被遣回來了。」

暮青立刻將人傳來，問道：「昨夜你們把春娘送到司馬府外宅後就回來了？」

兩人道：「回都督，正是！」

「昨夜下著雨，你們只管把人送去，不管接人回來？」

「回都督，是公子的長隨命小的們回來的。他說公子與春娘久未相見，要春娘好好伺候，命小的們一早再來接人，沒曾想……」

司馬敬聞言大怒：「把那狗奴才找來！」

少頃，長隨被傳到，司馬敬一腳踹在長隨的心窩上，斥問：「你把轎夫遣回去了，本公子怎不知？春娘昨夜是如何回的杏春園？」

長隨忍著疼答道：「小的想讓春娘伺候公子久些才命轎夫回去的。後來，春娘說您睡了，小的就命咱們府裡的車夫將人送回去了。」

「車夫呢？」

「小的派他回府給老夫人報信去了。」

司馬敬一聽，頓時露出喜色。

恰在此時，衙門口忽生騷動，堂上眾人望向外頭，只見刑曹尚書林孟和司馬敬之父司馬忠步入府衙，司馬老夫人由一名美婦人扶著隨行在後。

「誰綁了我的孫兒！」老夫人手執壽杖，步子穩健，一聽音量便知身子硬朗。她身旁的婦人面若芙蓉，手裡拈著串佛珠，正是司馬敬的娘親林氏。

司馬忠和林孟進了大堂後，忙對元修和巫瑾見禮。

司馬敬一見祖母就跪喊：「孫兒沒殺人，祖母救我！」

「莫怕，祖母來了。」老太太撫著長孫的髮冠，厲喝道：「哪個莽夫綁我孫兒？」

「我。」暮青淡淡地道。

「盛京府尹何時換人了？」老太太拿壽杖敲了敲青磚，指著暮青問：「你為何綁我孫兒？不說明白了，老身便要進宮求太皇太后做主！」

她乃上陵郡王之妹，御封縣主，長子身居要職，長媳是刑曹尚書之妹。上陵郡扼江北之要，她的娘家地位甚重，今日就是鬧到太皇太后面前，她也不怕。

暮青冷笑道：「我若不綁他來，怎能請得動老太太？」

老太太一愣。「此話何意？」

「春娘是妳命人殺的。」暮青忽然語出驚人，她料到要請老夫人來公堂問話，司馬家必不答應，到府上拜訪，他們也未必見，因此才將司馬敬綁來了。

司馬敬聞言如遭雷擊，老太太怒道：「一派胡言！」

司馬忠問：「都督可有證據？誣蔑誥命，可非小事。」

暮青道：「把車夫和馬車找來！我要的是昨夜送春娘的那輛，若不是那輛，我會請旨搜府。」

司馬忠登時怒火中燒，母親沒少處置他的侍妾，若說她命人殺了春娘，他信。但她殺個戲子何必偷偷摸摸的？此事定非母親所為！

林孟拍了拍司馬忠，相爺急於練成水師，前些日子見到練兵成效後，更不可能動周二蛋了，故而眼下得忍。昨夜的命案牽扯到水師，不查清楚，這閻王不會甘休，就讓他查吧！不過是死個戲子，還能讓老夫人償命不成？

司馬忠看著大舅子的眼底官司，忍了又忍，鐵青著臉道：「把那奴才喚來！」

車夫來時，季延、林孟、老夫人和司馬忠夫婦皆已坐下，司馬敬被鬆了綁，躲在祖母身後。

車夫上了公堂，馬車停在堂外。

眾人看向暮青，暮青起身走到車夫面前，說道：「伸出手來，攤開掌心。」

車夫面色慌張，尚在遲疑，暮青忽然握住他的手腕一翻！

只見車夫的雙手虎口上方、食指外側及拇指指腹皆有紅紫勒痕。

司馬忠見了，驚愕地問：「傷是如何來的？」

車夫顫聲道：「是……勒馬韁時傷到的。」

暮青冷笑。「取馬韁來！」

衙差解來馬韁呈給暮青，暮青把韁繩往車夫手心裡一放，說道：「這韁繩一指粗，且常年使著，已磨得光滑，你倒是有本事勒出瘀痕來，瘀痕還只有韁繩的三分粗細！」

「這……」

「你的傷痕，掌心外側深、內側淺，是典型的勒痕，你用力時，拇指壓著繩子，這才造成了指腹的勒痕。勒痕只有三分粗細，邊緣可見螺旋形麻花紋，重處可見表皮磨破——傷到你的根本就是一條細麻繩！來人，把屍體抬來！」

屍體用草席裹著被抬到了公堂正中，暮青一把掀開草席，死者之態頓時把司馬家的人嚇了一跳！

司馬敬大喊：「鬼！鬼！」

老太太見的死人多了，原本不懼，倒被長孫嚇得直撫心口。

司馬忠斥道：「青天白日，哪來的鬼！」

林氏拈著佛珠，垂眸誦念，未看女屍。

暮青指著女屍的脖子道：「死者頸部的縊溝深且窄，寬約三分，壓痕呈旋轉形麻花紋，凶器正是一根粗糙的細麻繩。」

說罷，她拽著車夫的手就往女屍的脖子上比。「與你手上的勒痕不差分毫！」

車夫頓時大叫一聲，連滾帶爬地逃出公堂，卻被石大海給提了回來。

車夫連踢帶打，嘴裡叫著：「小的只是奉命辦差，是老夫人！老夫人！」

「狗奴才！」老太太驚怒而起，見孫兒看著自己，不由厲聲道：「府裡的飯食竟養出條惡狗，敢咬主人，合該打死！來人！」

府衛聞令拔刀，暮青使了個眼色，特訓營的精兵們出手如電，擒腕、擰摔、下刀、逼頸。眾人眼前一花之際，司馬府的人就已被制伏在地，佩刀被奪。

這一幕發生得太快，看得衙門口的百姓忍不住叫好。

元修目光微沉，這身手雖不及她敏捷，倒是與她同一路數，怪不得驍騎營的人贏不了。

司馬忠怒問車夫：「一個戲子，打殺了就是，老夫人何需命你偷偷摸摸的殺人？」

車夫出賣主子，自知已無活路，索性招了：「公子到莊子上養病還想著春娘，老夫人就想把人打殺了，又怕刺激公子，所以才命小的偷偷動手。」

老太太氣得發抖。「一派胡言！」

暮青道：「老夫人以為做得漂亮，實則處處是破綻。司馬敬迷戀春娘已到了要納妾的地步，妳把他送到莊子上，卻沒命人看緊他，以防他私會春娘，此乃破綻之一。破綻之二，司馬大人乃外城守尉，守城的是他的兵，司馬敬溜進城來會不被發現？即便他喬裝進城，莊子裡的下人發現他不見了定會急報府裡，府裡定能猜出他是私會春娘去了，那為何不派人到杏春園堵人？司馬敬之所以能回來，分明是妳故意放他回來的，長隨、車夫都聽命於妳，他們幫司馬敬逃出莊子，幫他與春娘私會，長隨之所以攆走了杏春園的轎夫，是為了讓車夫送人回去；車夫把春娘送進荷花巷裡，就在那輛馬車裡勒死了春娘。」

暮青指向公堂外的馬車。「這輛馬車就是殺人的第一現場。」

暮青出了公堂，掀開錦簾，見車內四壁錦繡，角落置有香爐繁花，中間置著團墊，這光景一看就知道把該換的都換過了。但她還是鑽進了車裡，翻開錦墊，檢查縫隙，希望能找到遺留的證據。

驗屍時，她留意了春娘的指甲，她左手中指和無名指的指甲有裂痕，但沒有斷，指甲縫隙裡也沒有皮肉組織，可見她在被勒住脖子時抓的不是凶手，這點從車夫手上沒有抓痕便可以證明。

春娘要下車時車夫動了手，而車夫能動手的地方無非是兩處……

暮青目光一轉，這時，簾子被人挑開了。

步惜歡衝暮青一笑，拿眼神問她——幹麼呢？

「來得正好。」暮青躍下馬車，說道：「上車！」

步惜歡心中狐疑，卻依了暮青。他進馬車時，暮青回公堂把韁繩拿了出來。回來時，步惜歡已盤膝坐在了團墊上，他拿眼神詢問她要做何事，她把簾子放下，繞到窗邊敲了敲窗子。

窗子打開時，暮青不在窗外，步惜歡一愣，傾身往外看時，暮青忽然閃出，雙手一伸，韁繩便套住步惜歡的脖子，將人一勒！

步惜歡猝不及防，重心一失，本能地抓找可借力之處。

暮青看清楚後便放開了人，掀開簾子道：「下車吧。」

步惜歡似惱非惱地瞪了暮青一眼，便要下車，不料剛探出車門，暮青忽然又將韁繩往他脖子上一套，順勢一轉！

步惜歡氣得一笑，跌坐下來時順著力道往一旁倒了倒。

「不是這裡，人是在車窗那兒被勒死的。」暮青模擬過後下了結論。春娘下車時，車夫只能從一側下手，這就會造成脖頸一側勒痕較重，但春娘頸部的勒痕是喉嚨處最重，符合在車窗處被勒死的特徵。

說話間，暮青收起韁繩，剛想讓步惜歡下來，這廝便忽然握住了她的手！

暮青急忙瞍了眼身後，見車簾正擋著公堂處，這才鬆了口氣。

「鬆手！」她跟他對口型，胡鬧也不分場合！

步惜歡捏著暮青的手，目光似惱似笑。「聽說司馬敬有些特別的癖好，比如偏愛女子扮成戲文裡的人與他行房，為夫以為此癖甚好，不如夜裡我們試試？就演春娘服侍司馬敬那段兒，如何？」

他聲音壓得低，聽來別有一番撓人的滋味。

暮青面色甚淡，問道：「你演司馬敬？」

步惜歡眼神一亮。「娘子如此問，便是有此興致？」

暮青道：「我只是想提醒你一個事實——他陽虛，你能演？」

「……」

「你還是演春娘吧。」暮青欣賞了一眼步惜歡的神情，抽回手時又補了一刀：「你夠美。」

暮青說罷就退到了簾外，一轉身，見元修立在臺階上，也不知聽見了多少。天邊忽然有雷聲傳來，暮青仰頭一看，見黑雲壓城而來，大雨將至，她得抓緊時間了。

這時，季延出來問道：「折騰了半天，查出什麼來了？」

暮青沒答，待步惜歡下了馬車，便又鑽進車內，伏在窗邊，在步惜歡方才借力之處搜尋。車裡鋪著錦墊，下面是木板，錦墊滑軟，不便借力，步惜歡方才抓過木板，於是暮青便掀開錦墊，果然在木板上發現了抓痕，左右都有，一邊五道，有兩道格外深些，與春娘指甲的斷裂情況吻合。

暮青舒了口氣，這才轉身下車。不料轉身之際，不慎碰倒了角落的花瓶，花瓶粗矮口寬，插著幾枝杏花，水淌了出來，一樣東西隨之滾出。

暮青拾起一看，是女子畫眉之物，短如小指，聞有奇香。她愣了愣，將黛筆收起，便下了馬車。

司馬忠已經等急了。「都督查出了什麼，不妨一說。本官可要提醒都督，僅憑一個下人之言，休想誣蔑當朝縣主。」

「誣蔑二字，我勸司馬大人不要說得太早。」暮青回到公堂上，問車夫：「你事後換過了墊子等物？」

「是，長隨說車裡死過人晦氣，要小的把物什都換了。」

「換下來的東西呢？」

「收在外宅的雜物房裡。本來要燒，但墊子裡塞著棉絮，下雨天點不著火，在屋裡焚燒又怕走水，索性就鎖了起來，長隨說等風聲過去了再燒。」

長隨被司馬敬踹了一腳，心口還疼著，一聽這話更疼了。

暮青命長隨交出鑰匙，吩咐劉黑子隨衙差一起去搜，而後問車夫：「你有一樣東西沒換吧？那瓶花。」

車夫愣了愣，說道：「沒錯！昨夜下雨，大半夜的誰摘花去？再說，插花的事都是丫頭們幹的，小的不會修剪，瞧那瓶杏花好好的，就沒換。」

暮青嘆了一聲天網恢恢，把手一舉。「我在花瓶裡找到了此物！聽聞司馬敬偏愛女子扮成戲文裡的人與他行房，春娘應是當著他的面梳妝的。你殺她時，她掙扎激烈，抓破了木板，抓痕尤以左邊中間兩道為重，正好對應了她指甲上的裂痕，而這支黛筆是她掙扎時甩出去的，剛好落進了花瓶裡。」

昨夜下雨，錦墊沒燒，花景未換，連老天都在幫春娘。

公堂裡頓時靜了下來。

暮青問道：「鐵證如山，老夫人還何話說？」

老太太還真有話說：「此乃我大興屬國南圖進貢的百花煙黛，太皇太后賞下來的，那下賤的戲子怎配用？」

「是孫兒給她的！」司馬敬忽然說道！他看著百花煙黛，那神態竟似對春娘真有幾分情義。

「敬兒！」老太太當然猜得出百花煙黛是孫兒賞的，只是不想認，未料自己一手養大的孫兒竟出賣祖母。

司馬敬紅著眼問：「祖母為何要殺春娘？」

老太太痛心疾首。「敬兒！你真被那戲子把魂兒迷去了？你婚事艱難，嫡妻未娶便要納妾，她要是個曉事的，怎會教唆著你納她進府？戲子無情，祖母是為你好！」

司馬敬問：「這麼說，真是祖母所為？」

「沒錯！」老太太沒想到孫兒竟為了戲子出賣祖母，痛心疾首地道：「就衝那戲子把你迷得連祖母都忘了，她就該死！一個戲子，賤籍出身，也妄想進我司馬家，她就該死在那牌坊底下，叫她到了陰曹地府也記著身分、廉恥！」

老太太咬著賤籍二字睨著暮青，指桑罵槐。

「那為何要將她割肉剔骨？」司馬敬問。

老太太卻愣了。「什麼割肉剔骨？」

司馬忠也愣了，府中得知敬兒被綁後便趕來了，只聽說那戲子死了，他們對案情卻知道得不多。

「人不是被勒死的？」司馬忠問暮青。

暮青聞言，默不作聲地為女屍寬衣解帶，鄭廣齊見面急忙抬袖擋臉，季延望天，巫瑾掩住口鼻。此景甚怪，司馬忠和老太太尚在疑惑，暮青就敞開了女屍的衣衫。

可怖之相忽入眼簾，老太太撫住心口，呼了一聲便往椅子裡倒去！

「母親！」

「祖母！」

「老夫人！」

司馬家的人慌忙圍了過去，司馬忠急忙地對巫瑾道：「懇請王爺瞧瞧。」

巫瑾袖手不理。「驚厥罷了，大人可掐人中一試。」

司馬忠知道巫瑾的規矩，他肯說句話已是給司馬府面子了。

鄭廣齊忙差人去請郎中，司馬家的人圍著老太太，公堂裡頓時亂成了一團。

半個時辰後，劉黑子回來時已大雨傾盆，證物放在一只木箱裡，箱子用粗繩捆著，上了鎖。

暮青用長隨的鑰匙打開箱子，將錦墊、團墊和圍錦鋪在地上，只見錦墊上蹭著的鞋印長而深，圍錦上可見抓撓痕跡。暮青脫下春娘的繡鞋，在鞋印上比了比，鞋碼一致，於是問道：「老夫人還有何話說？」

老太太已被掐醒，她指著女屍，手指發抖，司馬忠命衙差用草席把女屍蓋住，老太太這才把氣喘得順了些。

林孟道：「都督難道沒聽見老縣主的話？此案蹊蹺，春娘是老縣主命人勒死的，她有何理由將春娘割肉剔骨？」

暮青不答反問：「別人也就罷了，林大人身為刑曹尚書，聽審也如此粗心大意？我只說下令勒死春娘的是老夫人，何時說過下令割肉剔骨的是老夫人？」

聽聞此話，眾人都愣了。

「春娘是車夫勒死的，但屍體不是他懸到牌坊底下的。」暮青把白綾往春娘的脖子上纏繞了一圈。「當時白綾是這樣勒住春娘的脖子的，白綾末端有凌亂的髒汙，邊緣有摩擦起毛的情況，可見是有人將白綾的一端綁上大石，再將屍體牽拉上去的。白綾的右側相對乾淨，左側卻很髒汙，凶手顯然是在左邊用的力。一般人習慣右手用力，此人的用力方向是反著的，說明他是個左撇子。」

說罷，暮青來到女屍腳旁，褲腳紮著紅繩，她一直沒解開。

「這繩結便是證據，左撇子因用力不同，打繩結和普通人是反著的。」暮青邊說邊將袖口的繩結展示了出來。「這是我驗屍過後重新繫上的，與此人所繫的繩結是完全相反的。我繫繩結時是右壓左，而凶手繫的繩結是左壓右。」

她邊說邊解繩結，眾人屏息而觀，果見不同！

「由此可見，凶手是個左撇子，而他——」暮青忽然將一物拋向車夫，車夫下意識地接住，低頭一看，竟是鑰匙。

「他用右手接的。」暮青將鑰匙取走，掰開車夫的掌心。「他右掌心的勒痕比左手的重，說明勒死春娘時右手使的力大，他不是左撇子，所以不是割肉剔骨之人。」

當看到車夫掌心的勒痕後，她就知道凶手有第二人。

暮青問車夫：「你殺了春娘後，將屍體交給了誰？」

車夫服了，答道：「小的不知。昨夜馬車趕到牌坊下時，巷子裡停著輛馬車，那人拿著府裡的腰牌，命小的將屍體交給他，說老夫人另有安排。小的便幫忙把屍體抬進了那輛馬車裡，那人命小的不可與人說起此事，小的回府後便誰也沒敢說……」

「那人你可認識？」

「不認識，那人蒙著面。」

司馬忠斥道：「蒙面之人，你竟輕信？」

車夫道：「他有腰牌，小的只是個下人，哪敢盤問奉老夫人之命行事的人？」

「他不是司馬府裡的人。」這時，暮青忽然對林孟道：「此人是刑曹之人。」

林孟大驚。「都督休要胡言！」

「此人是刑吏，世襲階層，深得林家信任，左撇子，年紀輕，殺過人犯，但未凌遲過人，經驗不足。他有急於承業之心，狠辣膽大，以此為樂。」暮青說著對第二凶手的推斷。「林大人打算自查還是我上奏朝廷，請旨去查？」

林孟道：「本官不能僅憑都督的一面之詞便查察刑曹，除非都督之言能叫本官信服。」

暮青只好再次將女屍的衣衫解開。「凶手使的是凌遲之法，死者上身的處理毫無刀法可言，但腹部未破，肚腸未出。越往下走，越見刀法痕跡，腳踝處的切口已有整齊之相。凶手在學習，他技藝生疏卻仍能將最難處理的肚腹處理好，說明他對人體有所瞭解，可能看過凌遲之法。我朝凌遲之刑，從八刀到三百六十刀不等，死者卻被割了不只三百六十刀，且從腿上的刀法來看，凶手下刀逐漸細密，創緣逐漸平整，但創緣兩邊卻愈發不規則——平整處是割斷的，不規則處是扯斷的，說明凶手落刀果決，收刀快速，樂在其中。老夫人命人殺春娘是祕密行事，凶手得知此事必是有人告密，而能給他司馬府腰牌的人很可能是司馬府裡的人。此案還有一個疑點，那就是發現屍體的時間。屍體是今早被杏春園的人發現的，那時春娘已死了兩、三個時辰，除去她被凌遲、換衣和被吊起的時辰，屍體至少在荷花巷裡吊了一個多時辰。這段時間裡，巡邏的、打更的竟都沒發現屍體，要麼是昨夜下雨，人都偷懶去了，要麼就是被人支開了。司馬大人是外城守尉，管的是守城與夜巡，一個既能將衛隊支開又能拿到府裡的腰牌，還能找到刑吏辦事的人，是誰還用得著說嗎？」

暮青說罷，看向林氏。「妳說是嗎？司馬夫人。」

司馬家的人猛地看向林氏！

林氏平靜地道：「都督之意，妾身不懂。」

暮青看著林氏拈著佛珠的手，淡淡地道：「夫人不懂無妨，林大人明白就好。」

「絕不可能！」林孟不信，他妹妹性情純和，怎會犯此大罪？

「刑曹當中，符合我所列特徵之人並不難查，還是那句話，林大人是自查還是我請旨去查？」暮青不跟人辯論對錯，查出此人，對錯立見。

傾盆大雨澆散了衙門口圍觀的百姓，半條街的人已經散去，只有零星的人聚在房簷下看熱鬧，奈何天黑如夜，雨潑如簾，公堂上的情形不甚清楚，連人聲也被雨聲掩蓋了。

百姓只見江北水師的精兵們從公堂裡出來，鐵靴踏雨如奏戰歌，個個捏拳殺氣騰騰，不知要去抓誰。

剛走到衙門口，身後有軍令傳來，精兵們竟又回去了。

公堂裡，林氏凜然笑道：「沒錯，是我。」

公堂上未掌燈，一道白電裂空，天光一晃，屍猙獰，人亦猙獰。

林氏悠長地嘆了一聲，望向兒子，目光幽柔。「敬兒，娘再問你一次，娘屋裡的百花煙黛你可瞧見了？」

司馬敬神情恍惚，春娘被殺，祖母認罪，母親竟也被指為凶手，他如在夢中，一時難以回神，不由看向暮青。

暮青將百花煙黛收進了存放證物的箱子裡，箱子已鎖，卻鎖不住他的記憶。百花煙黛是進貢之物，祖母得太皇太后賞賜一盒，她年事已高，便給了母親。那日，他去給母親請安，見一支百花煙黛放在梳妝檯上，想起夜裡要與春娘私會，想起她對鏡梳妝的嬌態，鬼使神差地動了歪念。

不料次日府中辦園會，那些夫人小姐聽聞祖母得了賞賜，便笑鬧著央求一觀，祖母命母親去取，母親發現百花煙黛丟了。

丟了賞賜之物是大罪，母親忙命人去庫房，從鎖起來的那盒裡取了一支送去了祖母屋裡。事後祖母大查府裡，母親曾問他瞧見沒，他沒敢承認。祖母認為是母親身邊的人手腳不乾淨，將打掃梳妝檯的丫鬟活活杖斃了。

從那以後，母親再沒問過此事。今日，百花煙黛從他的馬車裡搜了出來，母親應該能猜出這便是那日丟的那支，為何還要問他？

「你不知娘為何要問你？」林氏的目光輕飄飄的。「你以為娘今日才知此事？百花煙黛有奇香，沾上身一、兩日也不散，自賞下來娘就用著，對那香氣再熟悉不過。你祖母老了，聞不出來，娘豈能聞不出來？」

老太太聞言難以置信地看向林氏，她說她老了？

「你可記得桃香？」林氏問。

「記得，她是娘的大丫鬟，兒子跟娘要了幾回，娘沒答應。」司馬敬答。

「你只記得這些！」林氏失望地怒斥，她性情溫婉和善，常年吃齋念佛，連下人都不曾斥責過，這一怒不僅驚了司馬敬，也驚了司馬忠和老太太。

林氏滿眼的失望。「你只記得哪個丫頭嬌俏，只記得桃香是娘的大丫鬟，卻不記得她是娘的奶娘的么女！你外祖母過世得早，奶娘陪著娘嫁來了司馬府，唯一的女兒留在娘身邊伺候，娘答應要給她指個好人家，卻因為你……因為你做事不敢認，而那老賤人護著你，為了不讓你擔罪名，就賴著個丫頭，活活把人給打殺了！可憐奶娘年邁失女，悲痛成疾，臨死都沒闔上眼。」

老太太兩眼一翻，險些氣厥過去。

司馬忠道：「妳！」

「你閉嘴！」林氏先聲奪人，聲音尖利。「我已認罪，要綁便綁，要休便休，這司馬家我熬了二十年，早已不想熬了！你是孝子，事事依著老太太，明知她專橫，卻由著她教養敬兒，而你這當爹的連家法都動不得，你全了孝子的名聲，卻害了敬兒！」

「還有你！」林氏又看向兒子，怒斥道：「三歲啟蒙，六歲興學，教你禮義廉恥，你卻貪戀女色，外養戲子，內盜財物，事後問你，怯懦不認，毫無擔當，枉為男兒！為了個戲子，你將貢品盜出府去，就不想想，這京城裡哪有個簡單的人？府裡辦園會，多少雙眼睛？你爹剛給你在戶曹謀了個閒差，來年便能上任，可你偷盜貢品賞給戲子，此事若傳到了太皇太后耳中，你還想不想要差事？沒個差事，你的婚事豈不更難？桃香是娘的大丫鬟，屋裡的貴重之物只有她能動，若說是個小丫頭偷的，定難叫人信服。你自個兒幹的好事，卻叫那丫頭替你送了命！」

「老賤人！」林氏又對老太太怒目相向。「妳專橫了二十年，我十月懷胎所生之子妳要養，府裡中饋妳要主持，卻把孫兒教養得這般不成人！打不得，罵不得，管不得，自生了敬兒，我沒有一日不是在熬，沒有一日不盼著妳死！」

老太太聞言撫著心口，喘氣如鼓風箱，指著春娘的屍體，顫顫發抖。

林氏嗤的笑了。「妳想說殺這戲子是我的主意，是我說她該死在牌坊下？」

老太太又指向她，嘴裡叨念不清。

「沒錯，是我說的。與妳二十年婆媳，誰也沒我知道妳愛孫如命，我在妳面前提了一句，妳便記在了心裡，偷偷命人去辦了。可這如何能夠？妳還記得桃香死的那夜嗎？我去求妳，我說：『娘，您也知道那是敬兒做的好事，求您饒桃香一命！』妳是如何說的？妳說：『自個兒屋裡的東西看不住，就是那丫頭躲懶，是妳馭下不嚴，妳既不會管教下人，我便替妳管教！』妳替我管教？妳倒是替我管教了敬兒，卻把他管教成了這副樣子；妳替我管教丫頭，那丫頭的命都沒了！這府裡的人，府裡的事，妳樣樣都要捏在手心裡，如今被人拿捏了一回，感覺可好？」

林氏笑著看向暮青。「早就聽聞都督斷案如神，倒是我算計得淺了。」

暮青問：「妳知道我昨日回城，特意挑在那天動手，為的是借我之手定老太太的罪，讓她身敗名裂？」

「沒錯！我嫁進司馬家二十年，下人們對那老賤人敢怒不敢言，那些被發落到莊子上的人都是我求過情的，那些人心裡的主子可不是她！我知道都督昨日要回來，便讓人誘使敬兒回來見春娘，我想借都督之手除掉這老賤人。她雖貴為縣主，但殺人辱屍乃不道大罪，只有把她軟禁起來，敬兒才有救！只可惜……我低估了都督。」林氏嘆了一聲，悲涼愴然。

暮青問：「妳殺人辱屍，為的是報復老夫人，那為何要為春娘換上大紅戲袍，衣袖褲腳以紅繩紮緊？」

此乃此案的第三個疑點。

哪知不問還好，一問此話，林氏便拈起佛珠，口中念念有詞。雨聲頗大，林氏所念之詞誰也聽不真切，只見她舉止癲狂，漸顯病態。

暮青待要上前，元修橫臂一擋，眉峰冷沉。

林氏像是瘋了！

暮青看向元修，兩人目光相觸之時，林氏抬頭，聲音忽大：「……貪執無悔，行惡無情，不知饜足，永墮餓鬼！」

白電乍亮，雷聲霹靂，公堂裡一亮一暗間，林氏忽然向司馬老太太撲了過去！

哐噹一聲，老太太翻倒在地，林氏騎於其上，掐住了她的脖子！

司馬忠慌忙去拉林氏。「賤人！妳瘋了！」

他一揚手，掌聲清脆，林氏跌倒，簪落髮散，她抓起簪子便向老太太擲去！

老太太正咳嗽，臉頰一涼一熱，頓時見了血。

司馬忠忙扶娘親，怒道：「把這瘋婆娘架起來！」

鄭廣齊看向林孟，林孟震驚於妹妹之態，並無明示。司馬忠對公堂外喝道：「還不滾進來！」

府衛們這才奔進公堂將林氏拉住。

林氏怒罵：「司馬忠！你愚孝害子，不得好死！老賤人，妳也不得好死，我死後必成厲鬼，找妳為奶娘和桃香報仇！」

司馬敬避在後頭不知所措，喊：「娘……」

「別叫我娘！我不是你娘！你自小與我不親，我教你勤讀詩書，教你勤練武藝，你何時聽過？這些年來，除了早晚請安，你何曾來過娘的屋裡？娘難過時，病痛纏身時，你何曾來榻前侍過湯藥，陪娘說過話？這些年，是桃香在娘身邊伴著，非我親生，卻如我親生，比那些庶子、庶女貼心，比你這嫡子貼心！我本想明年待她及笄便收她做義女，給她挑個好人家，風風光光的嫁出去，可憐那孩子竟因你而死！」

林氏淚如雨下，司馬敬搖搖欲倒，從不知在母親心裡，他竟不如一個奶娘所出的婢子。

林氏指著春娘的屍體問：「看她被凌遲，你心疼嗎？娘知道你不心疼，你貪戀女色，一個又一個，都不過是一時之興。可娘心疼！娘那乖巧貼心的桃香是被人一杖一杖活活打死的，死時腰骨盡斷，皮肉成泥！那晚，我也是被人這樣架著的，從那時起我就瘋了，我發誓你們誰都別想好過！」

林氏將念珠一扯，珠子劈里啪啦地砸在司馬忠和老太太身上，老太太指著林氏，只見手抖，不見出聲，臉憋得青紫，沒一會兒便暈了過去。

「娘！」司馬忠忙掐老太太的人中，卻不管用，他一探鼻息，竟不見出氣了。

這時，一隻雪白的手垂落在司馬忠面前，巫瑾在老太太的百會穴上下了一針，片刻之後取下，又施了三針。收針之時，老太太悶哼一聲，抽搐了兩下，那口憋著的氣便吐了出來。

人雖未醒，卻已活了。

司馬忠大喜。「多謝王爺救我母親！」

巫瑾淡漠地道：「本王救人的規矩，司馬大人清楚。司馬府欠本王一個人情，還請莫忘。」

司馬忠道：「下官不敢忘！王爺若有所需只管開口，下官必報大恩！」

至此，春娘案已查清，就差那凌遲死者的刑吏尚未到案了。

拘捕、查證是盛京府的事，老太太病了，林氏瘋了，兩人都不便收監，便被帶回了府，等待宮裡的處置。

特訓營跟著暮青走出府衙時，黑雲漸散，天光微露，眾人卻開懷不起來。

巫瑾上了馬車，暮青在窗外問：「我有一事想問王爺，不知能否到王爺府上作回客？」

巫瑾心如明鏡，笑道：「都督肯來，本王欣喜之至。」

暮青又對元修道：「我今日不回營，明早為你送行。」

說罷，她就走了。

元修望著暮青的背影，望著與她並肩而騎的「親衛」背影，沒有跟上去，只是揚鞭策馬，往內城馳去。

步惜歡為暮青撐著傘，走到城北時，巫瑾將窗子支了起來，說道：「老縣主年事已高，得的是中風之疾。世間最易之事，莫過於一死，人要活著，才知苦難。」

老縣主要強，癱瘓在床，口不能言，身不能起，日日熬著，那才痛苦。

暮青愣了愣，淡淡一笑。「王爺救死扶傷，這次救得最好。」

巫瑾一笑，暮青抬頭望去，已瞧見了烏竹林。

第八章

成親之禧

瑾王府。

瓦青如洗，烏竹林遮著一間竹廬。

竹簾垂著，紅泥小爐裡烹著薑茶，竹几蒲團，三人圍坐，暮青將面具摘下，問巫瑾：「王爺覺得我像何人？」

巫瑾為兩人盛了一盞薑茶，起身走向書桌，從暗格裡取出一幅畫來。

暮青和步惜歡見畫，同時怔住。畫裡有一異族女子，雪襦月裳，肩披紅袍，額飾金抹，眉心點朱。神廟藤蔓密布，圓月低懸，女子沐在月華裡，柔美神祕如月神。

令暮青怔住的是，女子的容顏與她頗為相似，足有五分像。

「我娘。」巫瑾看著畫中女子，眸光暖柔，略帶沉思。

暮青問步惜歡：「你曾說過，我外公年輕時外出遊歷，回來時帶著我娘，無人知道我娘的來歷。莫非……我外公到過圖鄂？我的外祖母有沒有可能是鄂族人？」

步惜歡看向巫瑾，巫瑾初聞暮青的身世，不由怔了一會兒，而後眸底浮起明光，遙遠卻溫暖。

暮青道：「王爺似乎知道些什麼。」

「偶然得知的。」巫瑾盤膝坐下，爐火晃得容顏有些虛幻。「此事乃是鄂族的祕忌，我幼時貪玩兒溜進神廟，發現了一塊封著的神位。神位上縛著十八道玄鎖，鎖上刻滿咒文，那是族中對罪人最嚴厲的懲罰，縛其神位，鎖其魂魄，令其永困幽冥，永世不得超生。」

暮青皺了皺眉頭，此乃無稽之談，但被如此詛咒之人，想必犯了大錯。

「我問過娘才知道，此人原是圖鄂聖女，是我外祖母的姊姊。」巫瑾望著暮青，眸底有些淡淡的歡喜。「聖女守護神廟，只可與轉世神官成親，所生之女為下一代聖女。聖女代代相傳，血脈相承，有先知神通。聖女與外族通婚乃是禁忌，聽說前代聖女因愛上了一個外族男子而與其私奔，逃入了大興。族中無奈之下選了我外祖母繼任聖女，誰料三年後，前代聖女回來說夢見族中將遭山崩地裂之大災，有滅族之險，勸族人撤離避難。就在全族撤離的那晚，神山突發山火，地裂火燒，整整燒了七天七夜，幸而撤離得及時，族人無一傷亡。但……」

「但族人非但不感激，反而覺得天降大災是前代聖女叛族之過？」暮青接了話。

巫瑾嘆了聲：「他們將她圍在了神廟中施以火刑，將她的神位一分為二，其中一塊鎮在廢棄的神廟裡，另一塊鎖在了新廟裡。娘說，此乃魂魄分離之咒，咒其魂魄不得相聚，永世飄零。」

步惜歡問：「那外族男子是何人？」

巫瑾搖了搖頭。「前代聖女對此事三緘其口，不曾透露。」

話雖如此說，但聖女既然與外族男子逃入大興，那男子十有八九是大興人。大興戶籍制度嚴厲，尋常百姓難以離家，更別提遊歷他國了。這男子的身分定然非富即貴，而無為道長是武平侯的嫡次子，就身分來說，倒對得上。

「從前代聖女離族到她回去，有幾年？」步惜歡問。

「約莫五年。」巫瑾道。

步惜歡看向暮青，有歡喜之色。「妳外公回京時，帶著的女童約莫四、五歲。」

如此，年紀也對得上。

暮青拿著畫沉思，莫非她身上流著鄂族的血？

「王爺……」

「還叫王爺？」巫瑾笑道：「難道不該叫聲表哥？」

「此事還待查證。」暮青道，興許只是巧合。

「我派人去趟嶺南。」步惜歡道。

暮青沒接話，只是慢慢地整理著畫卷，似在整理著自己的心緒，待將畫交還給巫瑾時，她道：「多謝。」

巫瑾將畫收了，心中了然——她沒說多謝王爺。

暮青低頭喝茶，掩飾彆扭。她自幼與爹相依為命，忽然得知在世上興許還有親人，那感覺說不清，似盼，又怕。

「我對都督有一見如故之感，哪怕是一場誤會，也願認都督當個義妹，可好？」這時，巫瑾忽然說道。

暮青怔了怔，見風拂竹簾，窗臺明淨，巫瑾背光而立，衣袂雪白，若林中仙。

巫瑾道：「晌午了，我吩咐管家備些飯菜。」

說罷，他將畫放回去便出了竹廬。

直到人走了，暮青還望著竹簾出神。巫瑾說，圖鄂聖女與外族通婚是禁忌，可他娘親也是聖女，父親是南圖皇帝，這其中又有何故事？

「人都走了，還看。」步惜歡涼涼的聲音傳來，暮青望來時，他已笑了。「妳想認他，是嗎？」

她希望能有個親人在世上。

暮青不說話，步惜歡勸道：「妳好驗屍，他好醫毒，若是認了兄妹，想必有話說。隨心些，歡喜就好。」

暮青還是不出聲。

「妳斷案時俐落乾脆，怎在這事上猶猶豫豫的？」步惜歡笑著打趣。

這話管用，暮青面色一冷，挑簾就出去了。步惜歡沒跟著，他知道，她想要靜一靜。

瑾王府不大，暮青在後園轉了轉，午膳備好時，她把整個王府都逛遍了。用膳時，步惜歡和巫瑾都未提結拜之事，待用過午膳，暮青才問：「我在王府裡走了一圈兒，怎未看見祠堂？」

步惜歡聞言笑了聲，巫瑾佯裝不懂。

暮青被兩人惹惱了，索性直言：「沒有祠堂怎麼結拜？」

巫瑾這才道：「我讓人去備。」

王府裡沒有祠堂，巫瑾命人在後園闢了間屋子，上掛神像，下擺三牲，以碗盛酒，刺指取血，灑三滴於地，飲一口在喉，隨後將酒擺在神像前，僕人呈來金蘭譜，巫瑾年長，暮青為次，兩人將名姓寫於譜上，執香而拜。

「……毋以名利相傾軋，毋以才德而驕矜。義結金蘭，今日對神明共誓，願休戚之相關，禍福之與共，不求同生，但求同死，如違此誓，人神共棄。」步惜歡作為見證人，道一聲禮成，兩人進香，再拜而起。

門外竹林幽靜，屋裡佛香悠悠，兩人對面而立，一如塵外謫仙，一如人間青竹。

「妹妹。」巫瑾笑著喚道。

暮青把目光一轉。「……兄長。」

步惜歡懶洋洋地起身道：「那我是不是該喚聲舅兄？」

暮青瞪去一眼，巫瑾笑了，仍是那般淡漠疏離。「你們未過婚書吧？」

「尚未。」

「那便是了。大業未成，何以成家？」

方才還在結拜，怎麼就談到了婚事？暮青難以理解，甩袖就出去了。

卻聽兩人還在屋裡說婚事。

「舅兄所言甚是，自古成家立業，男子多成家在先立業在後，但朕非世間尋常男子，自當先立大業。」

「陛下肯如此想再好不過，本王等著陛下的求親國書。」

「朕的國書只呈遞給大圖皇帝，舅兄若想接朕的國書，想來也要先立業。」

「自然。」

「共勉。」

暮青走得越發快了，恨不得把兩道聲音甩得遠遠的，出了二門時，屋簷上落下一人來，兩人險些撞上！

暮青眉頭一皺。「你屬蝙蝠的？」

月影把密信往她面前一遞。「今早的案子，新進展。」

暮青接來密信，看過之後，眉間罩上一層陰霾。

這時，步惜歡和巫瑾結伴而出，暮青見了兩人，便將密信遞了過去。

朝中命刑曹查察那刑吏，又將昨夜輪值巡邏荷花巷的人都下了獄。同時，宮裡下了懿旨，將林氏圈禁在府中佛堂，死生不得出。

「老縣主是上陵郡王之妹，朝中不會處置她，必以其年事已高為由為其開脫。至於林氏，已是從輕處置了，這定是考慮到了林家才如此處置的。」步惜歡道。

這處置並不令暮青意外，她道：「你看信中所附之物。」

隨信附著一張黃紙，紙上畫著瘦骨嶙峋髮亂獠牙的餓鬼，寫著諸多咒語，其中便有林氏在公堂裡叨念的那句：「貪執無悔，行惡無情，不知饜足，永墮餓鬼！」

字咒以草書寫就，墨飽滿而張狂，肅殺凌厲之氣透紙而來。

密信中說，懿旨到時，林氏屋中到處是咒紙，見誰貼誰，人已瘋了。

丫頭說，林氏常去上清庵祈福齋戒。一個月前，一個新道姑為林氏解了一籤後，林氏便常去見她，每次都帶回一些黃紙，夜裡對燈誦念，天明才歇。

林孟已命人到上清庵拘捕道姑，此時還沒回來。

巫瑾道：「此符似能控人心神，林氏之怨年長日久，受符刺激啟發，做下此案不難理解。」

步惜歡問：「你的意思是，她是受人誘導犯案？」

此案難道還有第三個凶手？

暮青問：「你可記得，步惜晟服毒那夜，血影劫持步惜塵時說過一句話？他說：『不許跟來，瞧見一人小爺就割他一刀，直到世子被凌遲成一具人骨為止！』」

那夜巫瑾也在宣武將軍府，他和步惜歡互看一眼，都在對方眼中看到了驚意。

「恆王府近來有何動靜？」暮青問。

「沒動靜，該花天酒地的依舊花天酒地，宋氏守著兒子，步惜塵傷了臉，整日關在屋裡，性情越發暴戾，折騰死了不少美姬。」步惜歡涼涼地道，那母子兩人必定存著報復之心，但眼下還沒動靜。

暮青的聲音沉了幾分：「步惜塵犯案是有人教唆的，這回……」

「妳懷疑這次也是那人？」步惜歡問，那人上次為的是陷他於廢帝之險，逼她停查當年之案，若春娘案也是他操縱的，目的何在？

「希望是我懷疑錯了人。」暮青吸了氣，卻沒覺得心頭敞亮多少。

是不是那人，得等刑曹的消息。

傍晚時分，消息傳來了——道姑在前天夜裡就走了，因是偷偷走的，去了何處無人知道。

巫瑾道：「這一走倒有些此地無銀三百兩的意味。」

可那幕後真凶心思縝密，道姑前夜走了，豈不是在告訴他們，林氏犯案是他誘使的？故意留此線索，何意？

暮青道：「那人自認為聰明，可十幾年前做下的事卻被我一個月就查了出來，此乃恥辱。他製造罪案可能是為了挑釁我，興許是教唆步惜塵犯案一事給了他靈感。春娘案，他誘導教唆方式有所改進，若我沒猜錯，他還會製造下一起，直到我敗給他，抑或他敗給我。」

操縱型罪犯在世界罪案史上是比較棘手的一類人，殺人從不自己動手，而是以極高的智商操縱別人去殺人，從而取得愉悅感。這愉悅感除了來自於操縱他人，還來自於欣賞執法者逮捕殺人者，卻查不到幕後真凶的挫敗感。

這案子牽扯出了那幕後之人，暮青沒心思再待，便告辭而去。

心裡裝著案子，暮青回都督府的路上一直在思考凶手下次會何時犯案、以何種方式，思考林氏案中還有沒有可以追查的線索。她一回府就上了閣樓，過了飯時還沉浸在案情裡。

步惜歡不由失笑，當初在行宮時她也是這般，那時他惱她忽略他，如今竟能瞧著她凝神思索的模樣，一個時辰都看不夠。直到屋裡掌了燈，他才道：「歇會兒吧，也不嫌累。」

暮青的思緒被打斷，見步惜歡無事可做，便將紙筆推給了他。「幫我寫份奏摺，找個理由讓朝廷發張榜文，澄清江北水師的嫌疑。」

至於什麼理由，她不管，誰寫奏摺誰想。

步惜歡看著紙筆，不知該氣還是該笑。「我替妳寫奏摺，明兒早朝讓朝臣呈給我看？」

「不然呢？」在軍中時，這差事她都交給韓其初。

步惜歡長嘆一聲，這世上竟有帝王替臣子寫奏摺，再送入朝中給自己看的事兒，皇帝當到他這分兒上，也是前無古人。

嘆歸嘆，他卻提起筆來，桌上火苗靈躍，映得男子的眉宇間暖融融的。暮青忽然便想起以往夜裡看書時，他總提醒她莫傷了眼睛，而今卻在昏黃的燭光下替她寫奏摺。

案子的事不知為何就從腦海裡淡了出去，暮青鬼使神差地下了樓，喚來月殺，吩咐：「尋套戲服來，要紅的。」

月殺打量著暮青，目光古怪。
「怎麼？」
「沒事，只是覺得面前突然站了個女人。」
暮青頓時臉色鐵青，月殺退出閣樓，鬼魅般的不見了。
暮青又去灶房燒水，而後開了偏屋，打水沐浴。
屋裡置著屏風，月殺回來後，將戲袍放在門口一拂，那盛著戲袍的托子便滑到了浴桶旁。
暮青一看，托子上不僅有肚兜褻褲，還擺著胭脂水粉、黛筆口脂、花簪步搖、金箔花鈿——某些侍衛辦差真是越來越像老媽子了。
肚兜入手絲滑，上面繡著幅喜鵲登梅圖，褻褲及膝，褲腳處繡著落梅。依大興風俗，唯有新婦才穿繡著落梅的褻褲，寓意處子之身，洞房花燭，為君落梅。
該死的月殺！
暮青鐵青著臉，穿衣出了水。
閣樓裡，步惜歡擱筆，取來奏本擺好。
奏摺寫好了，需暮青謄抄一份。

但人一去不回，也不知做何事去了，步惜歡只好取來手箚翻看。這些日子，他來都督府常取手箚看，越看對她的身世越好奇，可百日未過，他只好等著。

看著看著，步惜歡就入了神，聽見腳步聲時，他笑道：「回來了？還以為妳——」

話未說完，聲音就戛然而止。

樓梯口的光很暗，少女從燭光明影裡走來，淡赭高襦鳳繡帶，牡丹羅裙一色裁，小樓無花，那裙下卻宛若生著萬千宮牡。她脂粉未施，青絲簡束，清卓猶在，一襲紅裝卻豔絕千秋。

步惜歡失了神，暮青端著花托走來，面頰微紅，顯出些許女兒嬌態。「我不太懂這些……」

她指的是梳妝打扮。

見步惜歡仍舊失著神，暮青微窘，把花托往桌上一擱，扭頭就走。「還是換回來吧。」

步惜歡急忙將人拽住，他平時一副懶到骨子裡的樣子，力氣卻頗大，暮青一跌便跌入了雲團裡。

步惜歡笑問：「青青，這可是真的？」

「假的！我本想拿給你穿的。」暮青口不對心。

「娘子美極，哪需為夫來扮女子？」步惜歡由衷地嘆了聲，隨即起身，將暮青抱到了梳妝檯前。

說是梳妝檯，其實只是張雕桌，上頭放了面銅鏡。

步惜歡道：「坐好。」

暮青回頭，見他端著那盛著胭脂水粉、金箔花鈿的托盤來到梳妝檯上，對著銅鏡端量起她來。

他為她鬆了髮，輕梳兩鬢，細挑千絲，攏雲鬟，簪金釵，綴步搖，點妝花。他以水化黛為她畫眉，以指蘸膏為她點唇，一片金箔花鈿吹在眉心，他執筆挑起朱砂在那金箔上畫下花蕊後擱筆對鏡，只見鏡中少女神若月沉寒江，豔若紅霞映塘，暈暈嬌靨，驚為天人。

原以為她清冷如霜，只有素淡顏色才襯她，未曾想豔麗之色加身猶如新婦，別有一番韻味。

「來人！取兩張紅紙，把朕今夜回宮的衣袍拿來。」步惜歡忽然道。

暮青問：「紅紙？」

步惜歡啄了口暮青的臉頰，她果然不再問了，瞪了他一眼就看奏摺去了。

奏摺的大意是，春娘案鬧得人心惶惶，唯有公開案情，方能一撫民心，二撫軍心。

為了安撫軍心，朝中必定放榜還水師一個清白。

暮青謄好奏本後，月影剛好回來，步惜歡將她又帶回梳妝檯前，取來筆墨紅紙，寫道：「婚書……」

暮青頓時怔住。

步惜歡笑道：「我那舅兄不好相與，誰知日後大業得成，他會不會反悔，還是寫一份存住為妙。」

暮青怔怔地望著那兩張紅紙，看著步惜歡用蒼勁的筆力寫下兩人的名字和生辰八字。她的生辰八字他竟然知道，也不知是何時查的，又記在心中多久了。名字、生辰八字，一份聘婚書，一份答婚書，媒人和主婚人的名姓空著，父母的名姓裡他只寫了母親白氏，她的父母卻都寫了，她親眼看著他寫下爹的名字。

父：暮懷山……

燭火照著桌上的胭脂水粉，暮青忽然便想起江南家中那箱被她鎖起來的胭脂，十歲那年起，一年買一樣，爹為她攢著嫁妝，盼她嫁人時用。那時，她不知自己何時能嫁人，爹過世後，她覺得此生興許難有這一日。

可是今夜，她穿著戲裡的嫁衣，有人為她綰髮梳妝，親筆寫婚書。

爹若在世，想必開懷。

步惜歡擱筆時，見暮青坐在鏡前，兩行清淚，打溼了嬌妝。

自從初見，她從江南走進西北，從西北走進朝堂，女扮男裝，官及三品。世間再無女子如她這般，他卻只看見她以清冷為甲，以冷硬為刀，從不對人坦露內心的柔軟。今夜，她對他流露，他卻只覺得刺痛。

「青青，爹娘若在世，必為妳我歡喜。」他道。

暮青低頭，朱脣如櫻，笑顏甚美，她看著婚書的落款——大興元隆十九年三月十六。

她將日子記在心裡，便要收起答婚書，步惜歡按住她的手，把兩張婚書都收入了懷中。「還沒蓋官印呢。」

「盛京府？」暮青問。

「盛京府的官印豈能蓋妳我的婚書？」他笑道：「妳我的婚書要蓋國璽。」

暮青無語，這人來真的？

步惜歡換上龍袍，將暮青牽到榻上坐下，問道：「婚書有了，娘子可願與為夫喝一杯合巹酒？」

屋裡有酒，是除夕那夜剩下的宮釀，擱在衣櫃底下。步惜歡斟了一小盅，沒有紅綢，沒有蓋頭，他卻問：「妳我是否先拜個堂？」

暮青坐著不起。「沒有高堂，如何拜？」

步惜歡尋來兩把闊椅擺到窗臺對面，將婚書擺了上去，回頭笑看暮青。

暮青算是知道他多想拜堂了，只好起身。

兩人面朝窗子，相攜而跪，拜過天地，再拜婚書，夫妻對拜。這一拜，漫長如半生，抬首時，男子眸底如含星火，爛漫醉人。

他道：「娘子。」

暮青只笑不應。

步惜歡不肯作罷。「妳結拜時可是叫了兄長的，如今可該叫聲夫君？」

暮青聞言有些恍惚，一日之間，她有了親人，有了愛人，人生有時真是如夢如幻。

「還沒喝酒。」她道。

「好，娘子且安坐。」步惜歡笑著搬來圓凳，將酒盅放到凳上，坐到一旁牽起兩人的衣角結成雙結。他身著大紅龍袍，她的裙角繡的是鳳穿牡丹，龍鳳相纏，再也分不出哪是龍哪是鳳。

隨後，兩人交臂，佳釀入腹，五臟皆暖。

暮青望著空空的酒盅，失神之時，步惜歡解開衣角，將盅擱到床下，他的那只盅口朝下，她的那只盅口朝上，而後笑吟吟地道：「古禮有云，合巹禮畢，當以盞一覆一仰，安於床下，寓之男俯女仰，陰陽和合。」

「……」

「合巹禮畢，娘子可否該喚夫君了？」

暮青耍賴。「你還是雌伏好些。」

步惜歡不中計。「娘子有此好，為夫必當滿足，今夜洞房花燭，為夫理當先振夫綱。」

暮青挑眉，見步惜歡為她將簪釵步搖取下，又俯身為她脫鞋，不由問道：「這就是振夫綱？」

步惜歡握著繡鞋笑答：「大丈夫不拘小節。」

隨後，他放下床帳，帳中燭光沉黃，兩人對坐，他笑道：「春宵一刻，該歇了。」

說是歇息，兩人同被而臥後卻都沒動，步惜歡取了一縷髮絲，又勾來暮青的一縷青絲，仔細地繫在一起後，滿足地長嘆一聲。

結髮共枕……

今夜她一時興起，以為他也是一時興起，沒想到他會為她綰髮梳妝，親寫婚書，更沒想到他會與她拜天地，行合巹禮，連結髮共枕都沒落下。事出突然，沒準備的沒有辦法，而能行之禮，他一樣也沒有疏忽。

暮青望著步惜歡滿足的神情，知道他是認真的。

「為夫尚有一事未能滿足，還望娘子成全。」步惜歡看向暮青。

暮青問：「洞房？」

步惜歡戲謔地道：「娘子想要洞房，也得先喚聲夫君不是？」

這聲夫君對暮青而言可比叫她說句洞房難多了，她搜腸刮肚地想藉口，步惜歡笑了聲，把她擁入了懷裡。

閣樓廊下，月影道：「時辰到了，主子該回了。」

月殺沒出聲，意思很明顯——想找死你就去。

許久後，閣樓裡，步惜歡下了榻，暖肌俊骨，玉背生輝，燭光下附著層薄汗，紅袍一展便將其遮了。

暮青掀開半邊帳子，肩頭落著紅梅。「你總忍著，對身子不好。」

步惜歡打趣道：「娘子比為夫還急。」

暮青面色微寒，她是為他的身子著想。

見她惱了，步惜歡這才斂起笑容，坐到榻旁輕撫她的髮，這髮絲剛剛與他的結在一起，他有多捨不得解開，就有多珍惜她。「青青，我不想苛待妳，也不能。妳是我的髮妻，當國書相聘，國禮相迎，天下為媒，四海為證。」

「那要等到何時？」他有此心，說不感動，那是自欺，可她更怕他傷身。

「再等一年，水師觀兵大典那日便是動手之時。」步惜歡頭一回透露此事。

這些日子，朝中正為兩件事忙著，一是為他選后，二是為狄部選王妃。一國之母如若暴斃，元家必細數他荒淫無道之行徑，藉機廢帝。

元修回邊關是因為知道元家起事沒他不行，故而設法拖延，並盯著關外。呼延昊圖謀草原之心未死，圖謀青青之心未死，一年後觀兵大典之時，呼延昊會親自來大興迎娶王妃，想阻止青青送嫁，只能那時動手。

那時，元修會領兵而回，各方雲集盛京，必有一場大亂。

「哦。」暮青把帳子一放便轉過身去。「那你想聽我改口，還要等一年。」

「心可真狠。」步惜歡幽幽地嘆了聲，瞥見桌上還剩了張紅紙，心中不由一動。

暮青在帳中聽著聲響，聽見腳步聲遠了又回，以為這廝要說些情話再走，沒想到他坐在榻邊不知搗鼓什麼。少頃，他掀開帳子看她了一眼，隨後便悄悄地走了。

暮青聽見腳步聲遠去了方才回過身來，目光往枕上一落，忽然覺得鼻頭發酸。

枕旁放著一物，是一張大紅的剪紙——囍。

次日，暮青醒時已天光大亮，昨夜之事像是大夢一場，唯有枕旁的囍字提醒著她一切都是真的。

她竟然成親了……

奏摺已被月殺收走，暮青梳洗過後匆匆下了閣樓，血影在後園守著。

「什麼時辰了？」

「辰時三刻，早朝已下，鎮軍侯和西北軍諸將正往城門處去。」

「江南那邊可有消息？」

「早朝朝中正為此事震怒，江南那邊童謠已起，說的是王妃遇害、聖上隱忍、元相篡朝及貪汙西北軍撫恤銀兩的事。元廣震怒，想必今日就會派人去江南。」

崔遠等人在江南初戰大捷，暮青並無喜意，此戰勝在元黨毫無防備上，往後才險。

「魏卓之還沒回來？」

「沒有。」

「等他回來，拿府裡的腰牌送他出城。」

「是！」

說話的工夫，暮青到了都督府門口，月殺已牽著戰馬在等了。

見暮青出來，月殺遞來一只藥瓶和一封信，信中寥寥幾語，字跡似有仙骨，其神高傲。「此藥養身，日服兩粒，早晚勿忘，盼好。」

信上無稱呼亦無落款，必是巫瑾怕她在軍中被識破身分才沒寫，藥應是調理信期的。

暮青心頭微暖，揣上信就上馬揚鞭，往城門馳去。

剛馳到主街，就見魏卓之從巷子裡馳來，拱手笑道：「對不住，久不見故友，敘舊忘了時辰。」

「你何止忘了時辰，你是忘了日子。」暮青對氣味敏感，魏卓之身上有股子脂粉香氣，他來的那條巷子朝著西街，莫不是從青樓過來的？

魏卓之沒心沒肺地道：「昨日本要回來，聽說出了一樁奇慘的命案，嚇得我沒敢出門。」

暮青翻了個白眼，沒空聽這人油嘴滑舌，道聲出城便往外城馳去。

城門街道兩旁擠滿了百姓，盛況一如西北軍還朝受封那日，時隔一旬，將士們啟程赴邊，士氣昂揚。鎮軍侯元修率麾下將領和五百精兵面朝長街，在他身旁的還有穿著驍騎營將軍戰袍的季延。

季延今日上任，要前往驍騎大營。

眾人聚在城門口，似在等人。

一刻後，長街盡處有人馳來。

來的有百人，軍容如鐵，竟不輸西北軍。率人而來的是名少年，盛京百姓經這兩日可算識得了他的容顏。

暮青在城門前勒馬，與元修遙遙相望，男子一身烈袍銀甲，威如昨日，卻少了些爽朗，多了些深沉。

阿青……

元修定定地望著暮青，這一聲卻埋在了心裡。

「要走了？」

「嗯。」

兩人見了面只是一句簡單的言語。

長久的沉默後，他問：「他們幾個，妳打算留著？」

「留不留得下來，看練兵的情況。」暮青知道元修問的是那些西北軍老將。

又是長久的沉默。

不知從何時起，兩人之間似乎只能說這些了。

「那些是何物？」暮青打破沉默，看向了隨軍押運的鐵皮馬車。

「撫恤銀。」元修道，西北軍被貪的撫恤銀他要帶走，沿途親自發下去。

暮青皺起眉頭。「隨行的將士只有五百來人，押運撫恤銀兩，是否險了些？」

「魯大會率大軍來接，這會兒已到越州了。」元修看著暮青擔憂的樣子，心裡好受了些，但還是忍不住問：「怎麼，這些事他沒跟妳說？」

暮青反問：「你不也沒說？」

元修冷笑，他倒是想說，她那日隨巫瑾走了，他哪有機會？她與誰走得近，平日裡做些何事，不也是從不與他說？

比方說此時，她就在他面前，卻不知為何覺得隔著千山萬水。她在他心裡越埋越深，他卻已走不近她。

阿青，我們何時如此疏遠了……

元修想問，卻不知為何，問出口的依舊是別的話：「選后之事呢？妳知情嗎？」

暮青一愣，選后？

元修見她不知情，頓時怒火中燒。他想將她罵一頓，讓她看清君恩寡薄，可在城門口，這些話卻不合適說。

「行了，別怔著了。」元修沒好氣地道，他見不得她傷懷，也做不出背後捅刀子的事，有一說一。「這回去西北，盯著關外只是其一，拖延選后也是其一。」

他只希望她知情，但那人為她所做之事，他也不屑隱瞞。胡使一離京，那人便猜出朝中該為他選后了，他們密謀了此事，他離京赴邊關，一可拖延選后，二可將撫恤銀沿途發下，了結這樁心事。

說到底，此番離京是君臣互惠，這場互惠，他為了江山和她，他為了西北軍和她。

他們心裡都有她，都不願放手，君臣互惠遲早要演變成君臣較量。

元修打馬望向城門，眸光如寶劍鋒刃，此去西北，他自有安排。

暮青並無傷懷之感，以她對步惜歡的瞭解，他昨日在馬車裡逗她穿紅袍，興許就有與她成親之意，只是沒想到她會答應，故而昨夜才有那般驚喜的神情。

如今，他們的婚書蓋著國璽大印，日子在前，她便是他的髮妻。立后詔書上，他不想寫別家女子的閨名，婚書也不想先許他人，其實他才是那個在乎的人，比她還要在乎名分。

「走吧，我要回水師，正好與你們同路，一起出城。」暮青說罷，率兵先一步馳出了城門。

可元修沒跟出來，暮青到了城外勒馬回望，見百輛大馬車緩緩地出了城，趙良義和王衛海護衛在前，元修獨自留在城門裡，戰馬旁立著一人。

那人小廝打扮，雙手高舉過頭頂，手中呈著封信，一瞧那纖細的手腕就知是個女扮男裝的丫鬟。

元修沒接信，只與丫鬟說了句話，便馳出城來。

冷風蕭蕭，長街兩旁滿是相送的百姓，丫鬟站在街中，神色惶恐，顯得孤零零的。

暮青猜丫鬟是寧昭郡主的人，元修回朝受封，元家本要逼他娶妻，卻因他自戕而耽擱了，如今婚事未訂，他又要走。寧昭郡主不便自己出面，派個丫鬟來送封信也在情理之中。

「別看了。」元修到了暮青面前，沉聲道：「走吧！」

說罷，馬鞭一揚，男子策馬先行，只留下一道高俊的背影，銀甲雪寒，長袖獵獵，晨風一拂，染了京天。

第九章

山莊血案

元修離京，季延上任，暮青回了軍營，開始了全軍操練的日子。

沒幾日，春娘案的榜文發到了軍中，未提老縣主之罪，而是將罪責推給了上清庵，說上清庵收人不查，致邪道入庵，蠱惑林氏，致其瘋癲，殺人辱屍。林氏為子，情有可原，將其禁入佛堂，死生不得出。上清庵住持下獄，查封庵堂，庵內道姑皆遣往別處，暮青破案有功賞銀千兩。

暮青命人將榜文張貼在軍中，而後就把心思放在了練兵上。

湖冰已融，朝中將造好的大船、小船運來了水師大營。

大船五十艘，十桅十帆，可乘五百將士，載重三十萬斤，艙板內部設有橫隔艙，各艙區互不相通，即使船體進水，也可避免沉沒。

小船五百多艘，多是千里船，以人力驅動踏板行船，戰時用作衝鋒舟，乃是內河的主力戰船。

戰船從大澤湖北的造船廠下水，船工們將戰船開來時全軍沸騰，暮青親自帶著將領們上船檢視。

章同道：「汴江上有水師二十萬，也不過是大船百艘，小船千餘，江北水師新建，不過五萬兵力，朝廷給了這麼多的船，倒是重視我們。」

韓其初笑道：「自然，這也是朝廷激勵軍心的手段。」

盧景山道：「越是如此，越說明朝廷急於操練水師。可是，何家雄踞江上，有水師二十萬，常年操練，將老兵精。江北水師只有五萬兵力，都督少經戰事，我們幾個又不擅水戰，這一年再勤苦操練，新軍想與何家軍一戰恐怕還得五年，朝廷實在有些心急了。」

盧景山、莫海、侯天和老熊四人已降成了都尉，除了侯天，其他三人皆是而立之年，體力精力早已不比少年，但他們馳騁沙場多年，經驗絕非新將領可比。四人各有所長，盧景山擅槍，莫海擅弓，侯天擅刀，老熊擅斧，皆有功夫底子，近日操練，他們不僅能堅持下來，格鬥還學得奇快。

莫海道：「大澤湖西臨峭壁，東臨緩坡，南北走向，也就冬天湖風大些，可冬天湖水冰封，駛不起船來。夏秋風又小，小船停在湖上都四平八穩，全軍要是習慣了在湖上練兵，日後到了江上，一個江浪打過來，哪受得住？」

侯天道：「四平八穩挺好，這輩子我就沒下過水，這會兒瞧著湖面都覺得暈，要是現在就下江，還不得吐死？」

老熊問暮青：「都督以為呢？」

暮青道：「有道理，但想法太保守。第一，兩軍的差距你們能想到，朝廷也能想到，急於開戰必定另有所圖。聖上登基後，元廣攝政，何家雄踞江上不聽朝廷之命已近二十年，江南水師近乎私軍，這種軍隊有一個特點——唯一人之命是從。因此，我們若與江南開戰，未必要打贏，只需擒賊先擒王，擒下何善其，江南水師必亂。何元兩家有宿仇，朝廷只是想擊潰何家，收回兵權，而不是想要江南水師全軍覆滅。第二，不擅水戰是你們的弱勢，但也是優勢。江南水師不擅馬戰，但你們擅長，誰說水師只能打水戰？我們若有一支陸戰營，戰時在岸上策應，必有大用。」

這點四人的確沒想到，侯天眼神大亮，剛要自薦，暮青便下了大船。

「第三，湖裡練兵不比江上，但可以想些辦法。」暮青上了小船，這些船用的是最早的螺旋槳驅動原理。

在汽船問世前，船舶主要是仰仗風力和人力，前者用帆，後者用槳。槳用手力，但戰船使的是腳力，兩邊用力相當船才平穩，不然船就會晃，這種晃雖與江上的風浪不同，但好歹能鍛鍊平衡和改善暈船。

莫海說得沒錯，湖裡不比江裡，但朝廷給的時間只有一年，這一年能練好水師的基礎體能和格鬥技能就很好了，江北水師的首戰不會在江上，而是一年後的觀兵之時，那可不是水戰！

江北水師不是給元家練的，誰說要打江南了？打不打江南，那要看步惜歡親政後何家歸不歸順朝廷。

好在江北水師的兵來自江南，多識水性，暮青要鍛鍊的主要是這幾個西北漢子。她一踩腳槳，跟著上船來的人就一個趔趄，險些沒栽進湖裡。

侯天扒著船嚷嚷：「我說都督，你想淹死我們就直說！」

見暮青冷眼看來，侯天立馬換了副笑臉。「都督不是說要一支陸戰營嗎？那乾脆讓末將去得了，論馬戰，末將可比他們仨英勇！」

「嘿！你個混帳小子！」盧景山等人扒著船沿兒，齊踹侯天，惹得侯天連連求饒。

暮青道：「你在關外殺敵無數，沒死在胡人的彎刀下，卻淹死在自家的內河裡，你如果能接受這種結局，我沒意見。你的碑文我已經想好了——大興國第一個淹死在江裡的水師將領，喜歡嗎？」

侯天的臉頓時黑成鍋底，這小子忒毒了！

心裡罵著，他臉上卻堆著笑，一股子賴皮勁兒。「末將這不是跟您打個商量嘛，咱能不能……」

話還沒說完，暮青一踩腳槳，侯天扒緊船沿兒，怒道：「我說，咱能……」

暮青又踩了腳。

侯天猛地往船沿兒上一撞。「我說……」

暮青再踩！

「咱能不能……」

「咱能……」

「嘔！」侯天一頓猛吐，邊吐邊擺手，沒脾氣了。

他懂了——不能！沒得商量！

暮青冷著臉下了船，負手走遠了。

韓其初無奈苦笑，都督這偶爾的孩子心性啊……

這日之後，水師開始上船操練。三、四月分，湖水還涼，大軍每天都要下水訓練抗寒能力，也要上船練習踩槳。苦累時，特訓營的兵就跟戰友們講在京中的見聞，皇城什麼樣、杏春園裡吃什麼、戲子有多美、戲文多好聽、都督如何驗屍、如何審案，說到最後連都督鑽過女屍裙底這等葷話都說了出來。

暮青當沒聽見，她望著掛在湖對岸的峭壁上的登山索，想著該練了。

次日，暮青登船演示攀岩和索降，她以前愛好登山，如今練兵，覺得此法可用於攀登敵船，便將此技納入了訓練。

崖高十丈，暮青繫緊繩索懸登而上，章同挑了幾個兵跟著，登山索不難用，只需力氣和耐力，掌握使力之法。

暮青率先登到崖頂，等人都上來了，便想演示索降之法。這時，忽聽遠處傳來了馬匹的嘶鳴聲。

聲音有些遠，聽著不大對勁，暮青對章同道：「去看看。」

章同領命而去，半晌後，回來稟道：「有輛馬車翻進半山腰的溝裡了，裡面有人，幾個小廝在抬車，像是抬不出來。」

暮青一聽，帶著人就往半山腰去了。

這座山有道斷崖，崖下是大澤湖。湖光山色，景致甚美，因此山下和山腰上建有不少田莊，多是官宦人家置辦的，馬車多半是哪個官員府上的。

暮青沒猜錯，她帶人到了馬車前一問，是驍騎營參領府上的。

驍騎營跟水師有過節，但人命關天，暮青當即下令抬車，馬的一條後腿被壓在了翻倒的車輪下，眾人一將車輪抬起，馬就跑進了山裡。眾人又合力抬起車廂，從底下抬出了一名少女。

少女受了傷，臉有些髒汙，眸子卻淨若明溪。她死裡逃生，竟無懼意，亦無幸意，碧玉年華，頗有幾分沉靜穩重。

少女的腿傷了，卻堅持朝暮青等人行了禮。「小女驍騎營參領姚仕江之庶女姚蕙青，多謝都督救命之恩。」

「舉手之勞。」暮青對翻車的事很感興趣，此山常走車馬，近來無雨，路不泥濘，馬車是怎麼翻到溝裡去的？

她下了山溝，發現馬車只有三個軲轆，於是順著草痕找了五、六丈遠，在草坡下找到了倒伏著的那個。

細看之下，暮青目光一沉，扯著軲轆就上了山路，說道：「這輪子是遭人鋸斷的，車軸連接處有鋸齒痕跡，四周鋸進了半寸。馬車在城中行駛時尚不礙事，但官道顛簸，山路陡峭，一旦上山，後輪受力重，車輪就易斷，此事明顯是有人預謀而為。」

丫鬟聞言面露怒色，似乎知道是何人所為。

暮青頓時明白了此禍起於內宅爭鬥，於是說道：「這鋸齒形狀圓潤，應是圓鋸，凶器好找，手藝再好的鐵匠也打不出兩把一樣的鋸子來。小姐若想查出是誰所為，只需將府中的鋸子都拿來，與此鋸齒形狀合得上的便是凶器。」

姚蕙青卻笑了笑，似是看慣了，也看淡了，說道：「小女子身子不好，來莊子上本就是養病的，如今不慎傷了腿，不過是一起養著罷了。」

暮青聞言了然，人家既然說是不慎傷了腿，那就是不打算追究了，她也不願多管閒事。「既如此，那我等就回營了。」

「多謝都督相救，小女定修書回府向父親稟明此事，改日登門拜謝都督。」

「舉手之勞，不必言謝。」暮青說罷就帶人上山了。

到了懸崖邊，眾人重新繫上繩索，暮青演示了索降之法，帶著人一起下了崖。

救人之事如同一段小插曲，暮青並未放在心上，軍中練兵如常。

這夜下起了雨，新月無光，大澤湖對岸的斷崖上，林深漆黑，不辨山路。半山腰的山溝裡，一匹馬低頭吃著草。馬匹旁倒著輛殘破的馬車，一只車軲轆慢悠悠地轉著，吱呀作響，慢如老調，鬼氣森森。

大雨沖刷著軲轆，一道白電破空，照亮了殘破的馬車和長滿雜草的山溝，雨水順著山溝往山下流，血色鮮紅。

雨下了半夜，三更時分，一人策馬疾馳在泥濘的官道上，向著水師大營。

轅門兩旁豎著火盆，火苗被大雨澆得微弱飄搖。哨兵望見來人，一打旗語，營牆裡頓時拉滿重弩，弓弩手冒雨列陣，箭矢森森，齊指來人。

來人勒馬，駿馬長嘶，青蹄高揚，微弱的火光照亮馬上之人的臉，竟是名貴族少女。

少女執鞭指向轅門，高聲道：「我乃鎮軍侯、西北軍大將軍之妹元鈺，有急事求見英睿都督！」

元鈺將玉牌擲進轅門，前營小將心生詫異，三更半夜，大雨瓢潑，這位貴族小姐不該在相府裡嗎？怎會出現在城外三十里處的軍營外？

小將急忙把玉牌送往中軍大帳，雨聲擾人，暮青睡得淺，月殺值夜，小將稟事之時，暮青已走了出來。

「何事？」

「元鈺求見。」

「誰？」暮青詫異地接過玉牌，看後說道：「去看看！」

暮青到了前營，果見來人是元鈺。前營的兵未得軍令不敢開門，元鈺就這麼在外頭淋著雨，小臉兒已凍得煞白。

暮青急忙出營，將斗笠和蓑衣解下來遞給了元鈺。

元鈺下馬抱拳一笑。「多謝都督。」

月殺把自己的蓑衣、斗笠解下給了暮青，暮青問道：「小姐為何夤夜來此？」

元鈺戴上斗笠，邊繫蓑衣邊道：「我想請都督點些人馬，進山幫我找個人，盛京府尹鄭大人家的嫡小姐不見了！」

鄭廣齊的女兒不見了，不報盛京府和巡捕司，怎麼來求水師找人？

暮青覺出事情不同尋常，元鈺這才一番細說。

原來，元修走後，寧昭郡主憂思成疾，元鈺便邀了些貴族小姐到莊子裡小聚，莊子就在大澤湖西岸的斷崖山上。昨天晚餐時分，有人說看見驍騎營參領家的馬車翻入了山溝裡，寧昭郡主差人拿了些丹參、燕窩送去姚家的莊子上，辦差之人正是鄭青然，不料她卻一去不回。

姚蕙青說鄭青然送了東西就走了，但元鈺派人尋了好些時辰也沒找到人，相府的莊子裡有不少貴族小姐，她不敢把侍衛都派出去，人力有限，斷崖山又大，她想起山下就是水師大營，便來求見了。

「此事報盛京府了嗎？」暮青問。

「已派人去了。」

「人何時去的姚家？」

「酉時末。」

「妳何時派人去尋的？」

「亥時左右。」

暮青皺了皺眉頭，人失蹤兩、三個時辰了，什麼事都有可能發生。於是，她立刻吩咐月殺去點一個營的兵馬搜山。

斷崖山東面是山溝和林子，西面是田莊和果林，山高林密，田莊也多，雨夜尋人並非易事。

暮青一上山就命人先搜東面，鄭青然不太可能被帶離斷崖山，斷崖山附近有水師和驍騎兩大營，北有盛京城，西通許縣。

從時辰上來說，凶徒無論帶人去往哪兒，到達時都還不到開城門的時辰。而鄭青然是盛京府尹之女，她一失蹤，明早畫像就會出現在周邊縣城，凶徒帶著她往城鎮中去無疑是給自己找麻煩。

即是說，人很有可能還在山上。

鄭青然如若死了，東面的山溝和林子是很好的埋屍地。若活著，西面的田莊便是藏人之所。

反正要搜，暮青索性命人從東面來個地毯式搜索。

一個營的兵力舉著火把在林子裡搜尋，眾人都以為要忙一夜，沒想到才剛搜山，就有人停了下來。

一個少年舉著火把站在山溝裡，問身旁的人：「是我眼花了？咋瞧著泥水發紅？」

旁邊聚過來好幾人，將火把湊在一起往山溝裡照了照，不敢確認。

「好像是有些紅……」

「該不是火把照的吧？」

暮青聞訊而來，一看之下面色一沉。

「沿著山溝往上搜！」

血的氣味暮青絕不會聞錯，水都染紅了，這樣的失血量，人不可能還活著。

一切如暮青所料，但她沒想到找到屍體的地方很熟悉。

那是條山溝，溝裡翻著一輛殘破的馬車，三只軲轆，車廂靠在坡上。風雨撲打著車簾子，血正順著木板滲出來。

「這是姚府的馬車。」章同眉頭緊皺。

暮青下到山溝裡，舉著火把往車裡一照，山路上頓時發出陣陣吸氣聲。

馬車裡坐著一名少女，神態安詳，像睡著了，臉色卻慘白如紙。她的雙臂垂著，脫臼一般，手筋腳筋皆被挑斷，右臂的袖子挽著，一截雪白的藕臂上被剜掉了一塊肉，那塊肉的位置在手腕上三寸處。

暮青是女子，對女子手腕上三寸處該有的東西最清楚不過——守宮砂。

鄭青然死得詭異，看起來就像是被收藏在盒子裡的木偶人。

雨聲越大，山坡上越顯得死寂。

突然，一聲驚呼傳來，元鈺不知何時到了山坡上，驚恐地道：「又是那凶徒！」

「又？」暮青面色一沉。

元鈺道：「都督不知，盛京城裡這半月來已經死了兩人了，都是這樣死的！」

此事需從暮青回水師的第三日說起，那天朝廷張貼了春娘案的榜文。夜裡有一名女子被殺於轎中，血被放乾，四肢被卸，手腳筋被挑，守宮砂被剜。女子倚在轎中，神態安詳，形同人偶。

五日後又發一案，同樣的手法，今夜是第三起。

元鈺道聲不好，說道：「都督先驗屍，我回莊子裡瞧瞧。」

暮青當即點了一隊精兵，命他們護送元鈺回莊子，而後把章同喚了下來，讓他照著車廂。隨即，她鑽進車裡捏了捏死者的各部位，說道：「上肢未完全僵硬，屍僵還未到腿部。山間寒冷，今夜有雨，屍僵會比常溫下出現得晚，人死了約莫三個時辰。」

暮青解開死者的衣帶，將屍體扳過來，看了眼死者的後背，隨後將火把拿了進來，把簾子放下了。

沒人知道暮青在搗鼓什麼，只見馬車晃了一會兒，暮青挑開簾子時，死者的衣衫已經穿好了。

「死者右背、臀部及大腿下可見淡淡的屍斑，後顱有凹陷性骨折，是致死傷。凶器是鈍器，稜角不規則。創口附近沾有黃泥，凶器可能是石頭。」暮青邊說邊驗屍，驗到手腕時，露出一絲古怪神色。「切創，創緣不整齊，表皮有剝落，凶器……」

話未說完，她便察看起了死者的腳後跟，腳後的皮肉翻著，暗紅的皮肉和黃白的腳筋之間嵌著什麼，暮青將其捏出，端量了一會兒，意味深長地道：「凶器很有趣。」

隨後，她上了山坡，對月殺道：「點五百人跟我走，其餘人留在此地守著現場。」

走之前，暮青又交代章同：「你帶人在附近的林子裡尋一尋，看有沒有新挖過的土。」

山裡下著雨，土都溼了，很難根據土色判斷有沒有挖過，但四月時節青草已生，泥土新挖之處，草必定不同。

「怎麼？」章同似有所悟。

暮青道：「沒錯，還有另一具屍體。」

暮青去了姚府的莊子。
莊子離半山腰不遠，山腰處有片果林，穿過林子便到。
出門來迎的是個管事婆子，婆子堆笑著問：「都督深夜來此，不知所為何事？」
「要事，煩請小姐出來一敘。」
「我家小姐尚未出閣，夤夜私會男子，只怕……」
婆子話未說完，姚蕙青的聲音便忽然傳來：「都督是我的救命恩人，冒雨來見，又有要事，我若不見，只怕失禮。」
暮青抬眼望去，見丫鬟提著燈籠扶著姚蕙青進了花廳。婆子眼裡冷意乍現，皮笑肉不笑地把暮青迎進了花廳，自己在門口盯著。
姚蕙青問道：「都督深夜來此，所為何事？」
「鄭青然死了，就死在小姐乘的那輛馬車裡。」暮青留意著姚蕙青的神色，見她大難不死時都未露驚怒神色，聽聞此話卻驚住了。
暮青問：「鄭小姐何時來的府裡？」

「戌時初。」姚蕙青雖驚，卻未亂。

「她來此何干？」

「送了些丹參、燕窩來，說是寧昭郡主聽說我傷了腿，差她送來的。我接了，她便走了。」

「立刻便走了？難道府上沒留她喝盞茶？」

姚蕙青笑了笑。「不怕都督笑話，鄭小姐是嫡女，我是庶女，嫡庶有別，鄭小姐未必喝得慣我這兒的茶。」

暮青聞言，心中已有論斷，面兒上卻不露神色，起身道：「打擾了，小姐歇著吧，早上怕是還要請妳去趟相府的莊子。」

姚蕙青扶著椅子起身，朝暮青福了福，暮青便走了。

出來後，暮青問：「相府的莊子在哪個方向？」

月殺一指西邊，暮青便帶著人進了果林。一進林子，她就放慢了腳步，命人將火把往地上照，說要找石頭，找單手能抓起，或雙手能捧起的。

果林是各府莊子上的，平時有人打理，少有石塊，雜草都沒幾棵。因此，當一個兵在一棵樹下發現了塊石頭時，簡直如同見了寶貝。

「別動！」暮青命他拿火把照著地上，見石塊旁有一雙清晰的腳印，腳印裡積了雨水，但仍能看出尺碼。她小心地繞過腳印，端量起了石塊。

石頭稜角分明，上方被大雨沖刷得很乾淨，暮青往石下摸了一把，對著火光拈了拈手指，指腹上除了黃泥外，尚可見血色。

暮青冷笑一聲便要起身，不經意間瞥見樹後，不由蹲了下來——樹後還放著塊石頭，底下同樣有血色，且石頭的一角壓著一條帕子。

帕子上沾著血漬和泥汙，暮青拎起一瞧，古怪地笑了笑，收起帕子說道：

「走，去會會凶手。」

第十章

宿敵爭鋒

相府的莊子裡燈火通明，貴族小姐們聚在花廳裡，聽說鄭青然死了，凶徒到了斷崖山上，無不惶然。

元鈺喝了口薑湯，說道：「都是我的錯，若不邀妳們來莊子上，哪會出這些事？」

寧昭坐在上首，雲髻下飾著一朵宮粉茶花，襯得面盤圓如滿月，富貴端麗。「別人遇事都往外摘，哪有妳這樣往身上攬的？若不是我憾氣難消，妳哪會張羅此事？再說那凶徒要來，誰又事先知道？倒是妳，說要去水師大營求援，策馬就出去了！幸虧平安回來了，不然叫我如何跟太皇太后和郡主交代？」

寧昭這頭兒斥著元鈺，那頭兒吩咐婆子：「去拿氅衣來給她披上，再去催催府醫，問藥熬好了沒？」

「寧姊姊，這都開春兒了，哪需氅衣？」

「還不是怕妳著涼？妳若不肯聽從，我必將妳夜奔水師大營之事回稟郡主，看不罰妳！」

元鈺縮了縮脖子，想起水師大營外，少年遞來的蓑衣、斗笠和那被雨水澆溼的戰袍，竟覺得薑湯有些甜。「都督說他先驗屍，待會兒就過來。」

寧昭一愣，問道：「此乃盛京府的案子，英睿都督查察此案怕是不太合適吧？」

元鈺冷笑道：「盛京府要是有能耐破案，那凶徒還能逃到斷崖山上來？鄭廣齊白吃著朝廷的俸祿，把女兒都搭進去了！他若來了，哭都來不及，指望他破案？」

寧昭垂下眼簾，無話反駁，只好應了。

不久，暮青一來就命人圍了莊子，只帶月殺進了府。

元鈺起身相迎，平日裡喜愛穿騎裝的少女，今夜換了身襦裙，鵝黃高襦，嫩綠裙帶，嬌俏靈動。

暮青見元鈺未生病容，不由鬆了口氣，而後掃了一眼花廳。

寧昭道：「看座。」

「不必了。」暮青謝絕，問元鈺：「人都在？」

「都在！」元鈺笑答，似在邀功。

「鄭青然的僕從也在？」

元鈺一愣，臉兒一紅，忙吩咐：「把那婆子找來！」

丫鬟從命而去，少頃，帶回來一個面色悲痛的婆子。

暮青拿出帕子，只將繡圖部分遞給婆子看，問道：「這可是妳家小姐的帕子？」

婆子驚道：「沒錯！這針腳……正是小姐的帕子！」

暮青道：「帕子是在姚府前的果林裡找到的，鄭青然死在三個半時辰前，她到姚府放下補品就走了。我在林子裡發現了她的帕子和兩塊帶血的石頭，鄭青然是被石頭砸中後顱而死，隨後被移屍到馬車裡，那輛馬車也是姚府的。」

花廳裡頓時靜了。

鄭青然到姚府去送補品，死在姚府外的果林裡，又被移屍進姚府的馬車裡，莫非……

「該不會是姚府之人所為吧？」問話的嬌客用薄紗覆著面容，身量高䠷。

暮青問：「小姐為何如此說？」

貴女看向暮青，目光寒厲，隨後垂首答道：「小女子不懂斷案，只是覺得奇怪，隨口猜測罷了。」「鄭小姐之死處處沾著姚府，這也太巧了。」

元鈺看向寧昭。「寧姊姊……」

寧昭的面色淡了些。「有什麼不可說的？京城裡無祕事，說吧！抓著凶手，大家都好安心。」

元鈺這才道：「都督可還記得為我哥哥剖心取刀那日？那日，我哥哥喊了個『青』字，姑母和我娘猜哥哥的意中人閨名裡帶有此字，便在朝中廣問此事，找出兩人來，便是鄭、姚二位小姐。我娘拿兩位小姐的閨名給哥哥瞧過，哥哥大發雷霆，娘便沒敢再提。」

元鈺撒了謊，她沒說鄭青然和姚蕙青曾被送進侯府，這是為了給寧昭留些臉面。但她不知道，鄭、姚兩人被抬進侯府那夜，暮青恰巧撞見了。

此案的動機或許就在這兒。

「都督，莫非殺鄭小姐的不是那狂徒？」元鈺問。

「不是，但也不是姚府中人，凶手就在此廳中。」暮青語出驚人，揚聲問道：「莊中可有青碧琉璃？要那只碎的！」

話音壓著雨聲，猶如斷劍擊石，聞者皆驚。

元鈺道：「都督怎知莊子裡有青碧琉璃，怎知有只打碎的？」

暮青道：「凶手說的。」

少頃，辦差的婆子抱著只包袱回來，裡面果然收著一只打碎的茶盞，琉璃質地，青碧顏色。

元鈺道：「此乃去年嶺南進貢的青碧琉璃盞，姑母賞給我的。今夜飯後，我將這套琉璃盞拿出來賞看盛茶，寧姊姊不慎打碎了一只。」

暮青聽罷，當眾拼起了碎盞，這琉璃盞巴掌大小，一會兒就拼好了，只見躺在包袱裡的琉璃盞缺了道口子——少了一片！

一屋子的嬌客震驚失語，暮青又取出只帕子，將裡頭包著的一樣東西放到了碎盞旁。

那是一片薄如貝殼的琉璃，指甲大小，薄而透亮，毫無疑問是琉璃。

「這是從死者右腳跟的肌腱裡取出來的。」暮青將帕子抖開，上面赫然可見斑斑血跡。「死者身上的創口創緣不齊，表皮剝落，說明凶器不太鋒利，而這就是凶器。因為肌腱不易被割斷，凶手用力過猛，凶器便斷在了裡面。琉璃乃貢品，出現在此山中，只可能是從相府的莊子裡流出來的，故而誰偷了打碎的那塊青碧琉璃盞，誰就有嫌疑。」

貴女們聞言花容失色。「琉璃盞打碎後就被下人收走了，我們怎麼拿得到？」

元鈺問：「都督可知是誰拿的？」

「那就要看今夜是誰尾隨鄭青然出過莊子了。」暮青對侍衛道：「把後園守門的小廝喚來。」

少頃，小廝被帶來，一聽暮青問今夜可有人從後園進出過莊子，連忙否認。

暮青對元鈺道：「那就綁了此人吧，鄭大人痛失愛女，我想他很樂意讓嫌犯嘗嘗府牢裡的十八般酷刑。」

小廝頓時嚇得連連磕頭。「奴才沒說謊，今夜奴才和一個丫鬟在後園閒聊，沒守門……」

「什麼？」元鈺大驚，莊子裡都是貴族小姐，後門無人把守，若溜進凶徒來，後果不堪設想，她不由怒問：「是哪個丫頭？」

小廝抬頭搜找，一個丫鬟急忙低頭，小廝往那兒一指。「她！」

丫鬟撲通一聲就跪下了，她前頭的貴女喝斥：「大膽奴才！竟敢胡扯！」

這貴女不是別人，正是疑姚蕙青是凶手的那位。

「陳小姐？」元鈺露出厭棄之色，對陳小姐旁邊的人道：「這可是妳帶來的人。」

那小姐惶然而起，問道：「真是妳做的好事？」

「堂姊，我沒有！」陳小姐慌忙搖頭，指向暮青。「是他陷害我！妳知道的，我爹就是被他害去養馬的！」

暮青挑眉，養馬？姓陳？

元鈺道：「這是前驍騎營將軍陳漢之女，那是陳漢的嫡兄定遠侯之女。」

陳漢被貶後，女兒的婚事受了拖累，陳夫人去求定遠侯，一家子厚著臉皮住進了侯府。

元鈺原本只邀了定遠侯之女陳宛，沒想到陳宛來求她，望能允堂妹陳蓉也來莊子上小住散心。定遠侯一門武將，多在龍武衛和巡捕司裡任職，終歸要講些情面，元鈺這才同意了。

暮青沒想到會在此遇到陳漢之女，她思量著動機，說道：「妳說人不是妳殺的，我給妳機會證明，拿托盤來！」

暮青將先前在樹下拾到的那塊帕子一抖，只見雪帕殷紅，泥漬已被雨水湮開，但仍能看出是個手印的形狀。暮青將帕子鋪在托盤上，端到陳蓉面前。「把手覆上來。」

話雖這麼說，暮青卻沒有給陳蓉反應的機會，她屈指往陳蓉肘間一彈，趁其無力之際，抓住她的手便往手帕上按去！

陳蓉大叫一聲，托盤被撞落，她跌坐在地，不住地後退。

此情此景，任誰都看出了陳蓉的嫌疑。

暮青道：「此案不過是一樁稚嫩的模仿殺人和拙劣的栽贓嫁禍。京城裡的兩樁案子裡，死者之血皆被放乾，四肢被卸，而此案有三個破綻，第一就是血沒放乾，妳先用石頭將人砸死，移屍進馬車後才放血，人死血液凝固，血放不乾，屍身上便出現了屍斑。破綻之二，妳只卸了死者的雙臂，因為使胯骨脫臼需要力氣和技術，而妳兩者都欠缺，所以辦不到。破綻之三是凶器，我雖未看過京城案子的現場，但想像得出，凶手應是先迷暈了被害人，再割腕放血，讓人在昏迷中流乾血，再將屍體擺成人偶模樣。凶手享受著變態的溫柔，詮釋著所謂的美學。此類凶徒多是完美主義者，凶器一定很鋒利，因為他不會允許鈍刀割壞了人偶。而妳用的卻是一塊碎琉璃，太不講究，怎麼說呢？站在犯罪者的角度來看，妳的人偶太醜。」

「妳栽贓的手法更為拙劣，妳受邀作客，不能帶兵刃，就偷了一塊打碎的琉璃盞，這是妳做的第一件蠢事。第二，妳將凶器擺在樹下，有血的那面朝下，妳想加重姚蕙青的嫌疑，可擺放得實在刻意。第三，也是最蠢的一件事，妳怕石頭擺在樹下不惹眼，所以用死者的帕子在傷口上沾了沾血，那時下著雨，石頭溼著，妳抱石殺人時髒了手，抓帕子豈能不留下手印？聰明反被聰明誤，害人到頭終害己。」

暮青一口氣說罷，廳裡鴉雀無聲，她卻還有話說：「對了，死的人不只鄭青然，還有她的丫頭。殺人的也非妳一人，還有妳的婆子。」

鄭青然出去辦差，身邊少說會帶個下人，此刻貴女們身後皆有一個婆子和一個丫鬟，鄭青然身邊也該如此，她的婆子在莊子裡，陪她去的應是丫鬟。而陳蓉的丫鬟在後園引開守門的小廝，陪她出去的就該是個婆子。

婆子撲通跪倒，叩頭說道：「都督明鑑，此事是奴婢做的，與小姐無關！」

「哦？」暮青好奇地問：「那妳倒是說說看，妳是如何拿著兩塊石頭，同時砸死兩個人的？」

「奴婢……奴婢是一手抓著一塊的！」

「來人！去尋兩塊石頭來，約莫五市斤。」

在山上尋塊石頭實屬易事，侍衛將石頭抱回來放到婆子面前，婆子卻久未動手——石頭的大小一隻手根本就抓不起來，更別提抓起後掄胳膊砸人了。

謊言不攻自破，婆子慌忙改口：「奴婢糊塗，奴婢是雙手捧起石頭，先砸死了鄭小姐，再砸死了丫頭。」

「即是說，妳一個人砸死了兩人？」

「正是！」

「所以妳準備了兩塊石頭，砸死一人，放下一塊，抱起另一塊來再砸死另一人？」

此事不合常理，元鈺不想再聽。「把這滿口謊話的婆子綁了，還有她家小姐和丫頭！待鄭廣齊來了，讓他把人帶回去審吧！」

侍衛聞令綁人，婆子、丫鬟和小廝慌忙磕頭求饒，陳蓉坐在地上，神情呆怔。

陳宛問：「妳為何要做這喪心病狂之事？侯府還管妳們一家，妳爹早晚能起復，再過些日子，妳的親事就有著落了，為何要做此事？」

陳蓉聞言笑了，厭惡地道：「妳是定遠侯之女，哪知爹爹遭貶之痛？哪日妳成了養馬官之女，就不會這樣說了。收起妳那高高在上的嘴臉，我看著就噁心！」

「妳！」陳宛氣得臉色發白。

陳宛的婆子斥道：「三小姐，妳怎可辱罵長姊？」

陳蓉罵道：「妳們這些奴才狗仗人勢，何時把我當過主子？嘴上喊著三小姐，背地裡拿什麼眼神看我？我爹也是嫡出，不過是祖母生他時難產，便不喜他，讓我們回府只是施捨罷了！」

這時，侍衛已將下人綁了，剛要綁陳蓉，陳蓉便喊：「別碰我！」她邊喊邊朝上首跪爬去，叩頭道：「郡主救我，我都是為了郡主！」

此話猶如一道驚雷，元鈺猛地看向寧昭。

寧昭面色煞白，斥道：「胡說什麼！」

陳蓉道：「郡主難道忘了午後之事？我除掉鄭青然和姚蕙青，您幫我爹在太皇太后面前美言幾句，讓他早日起復！您都忘了？」

「放肆！胡言！」寧昭還未開口，婆子便對元鈺福了福，稟道：「小姐，陳小姐午後是來求見過郡主，拐彎抹角地稱她知道郡主為何慪氣難消，還說您不解郡主之愁，明知鄭小姐曾狐媚侯爺，還邀她來給郡主添堵，如今連姚小姐也來了山上，郡主在莊子裡住著，怎能心氣通暢？」

元鈺受不得誣蔑，怒道：「我不解寧姊姊之愁？出來之前，我列的單子專門給寧姊姊瞧過，她為何沒劃掉鄭青然，可需當眾說說？」

她那天玩心大起，故意把鄭青然寫了進去，把筆塞給寧姊姊，要她劃人，好笑話她吃醋。本想著笑鬧一番，便能散散她心中的鬱氣，沒想到寧姊姊說，她們若孤立鄭青然，同僚必定擠兌鄭廣齊。他管著京城治事，公務雜多，也算是個勤懇的官兒，不可欺之。寧姊姊如此識大體，她還佩服來著，怎到了別人眼裡就成了她不體恤人了？

婆子道：「別人不知小姐的赤子之心，郡主怎能不知？郡主不欲與陳小姐多言，哪知她竟哭訴了起來，說她在定遠侯府飽受譏諷，郡主心善，好言安慰了幾句，她便自表忠心，說要為郡主排解憂愁，望郡主能在太皇太后面前美言幾句，讓她爹早日起復。郡主怎會應她？念她是個孝女，斥了幾句便讓她走了，哪知她會自作主張地犯下這等大罪？」

婆子面色坦然地問陳蓉：「奴婢敢把妳和郡主說的話公之於眾，妳可敢一五一十地說，郡主答應妳了沒？」

陳蓉懵了。

「妳敢說郡主沒勸過妳？敢說這不是妳揣測過度，急於為父求官而殺人嫁禍？」婆子逼問。

陳蓉聞言，身軟如泥，心亂如麻。

郡主是沒親口答應，可她發誓效忠時，郡主分明別有深意地看了她一眼。她生在侯門府第，察言觀色是自幼就耳濡目染的，身在高位之人，慣於嘴上說著一套，心裡想著一套。但她一門心思地去辦事，卻忘了郡主沒親口允過，一句揣測過度便撇得乾乾淨淨。

婆子冷笑道：「還愣著做什麼？把她綁了！」

「是！」侍衛得令而動。

「慢！」暮青卻忽然喝止。

寧昭剛坐下，聽聞此言身子微僵。

暮青對陳蓉道：「妳知道處處針對姚府，查案之人會起疑，覺得姚府不會那麼傻，在自家果林裡殺人，又在自家馬車裡藏屍，所以妳才模仿作案。如此一來，查案之人便會懷疑姚府是為了嫁禍京中凶案的狂徒而為之。我就不明白了，以犯案手法來說，妳實在算不上聰明，可為何在陷害一事上，妳又變聰明了？」

陳蓉蠢到把凶器擺得那麼刻意，蠢到當眾求寧昭庇護，為何能在犯案時站在辦案者的角度考慮，想到模仿作案？

「說吧，作案手法可是有人教妳的？」暮青只能如此猜測。

陳蓉愣住，似乎回憶起了什麼，但又搖了搖頭。「難道世上只有都督是聰明人，別人就想不出妙計？」

暮青道：「世上是有許多聰明人，但妳顯然不是。」

陳蓉惱羞成怒，卻不肯說。

暮青對元鈺道：「讓盛京府查查她近來與何人過從甚密，想必很快就會水落石出。」

此案很像教唆作案，不知是否跟那幕後之人有關，必須查清。

不料，元鈺聽聞此話愣了愣，說道：「以往她跟誰走得近我不知道，但這幾日她常到安平侯沈府的莊子裡走動。」

山暗雲濃，大雨澆滅了侯府莊子裡的燈籠，後園一間屋裡燭光如豆。屋裡有咳嗽聲傳出，蘭兒剛端著湯藥從小廚房裡出來，偏屋的門便開了。

婆子煩躁地問：「怎麼小姐還在咳？」

蘭兒道：「山裡涼，小姐畏寒，難免咳得厲害些。」

畏寒就在江南待著，回盛京做什麼？這破落身子，回來也是吃閒飯！老封君還指著她嫁門好親呢，如今還不是送來莊子上了？

蘭兒陪笑道：「瞧小姐這樣子，怕是要折騰到天明。您在偏屋守著，小姐自是感激您的照看，可吵得您歇不好，小姐也於心不忍，要不……您挪個屋睡？」

說著話，蘭兒將一錠銀子塞到婆子手裡，婆子知道這主僕兩人不待見她，得了好處，她自然沒有給人找不自在的道理，於是哼了一聲，便揣著銀子出了屋。

蘭兒關門落門，端著藥進了屋。

沈問玉倚在榻上，不見絲毫病態。「有動靜嗎？」

「動靜可大了，像是江北水師來了。」蘭兒端著藥碗來回走，邊走邊扇，將藥香扇得滿屋都是。

「他比我想像中來得早。」沈問玉一笑。正因為鄭廣齊庸碌，死的才是他女兒，只有他女兒死了，他才會用心查案，查不明就會去請人，而他能請的只有那傳聞中斷案如神的都督。

蘭兒問：「萬一英睿都督查出此事是您慫恿的……」

「我們只是玩鬧，是陳蓉自己開了竅，她都未必認為此事是我教唆的，誰會去想此事是不是她能想出來的？」

「也是……」

小姐總是謀算頗深，鮮少失手。二爺和夫人過世得早，府裡被劉姨娘母子霸占著，小姐伏低多年，一步一步地叫姨娘看輕她，終在時機成熟時收買水匪，沉殺庶兄，逼死姨娘，報案訴冤，再藉官府殺匪滅口。

十年不動，一動若雷霆。

此番回京，小姐也沒失策過，她心在女子至尊的身分上，老封君挑的姑爺她瞧不上，便一直裝病。

府醫來診脈，卻不知小姐為讓姨娘相信她是個藥罐子，曾真喝過兩年湯藥，把好好的身子給喝壞了。侯府沒忙出個結果來，老封君惱了小姐，便讓她來莊子上住著，殊不知這正遂了小姐的意。

她們到莊子上沒多久，機會便來了。

陳小姐之父被貶，寄住在定遠侯府，小姐之父亦被貶，寄住在安平侯府，兩人同病相憐，很快就成了閨友。

今日，姚小姐來了山上，機會難得，小姐當機立斷「點撥」陳小姐，殺鄭嫁禍姚，將寧昭郡主拉下水，甚至連英睿都督都在她的算計之內。論心計，莫說女子，縱是男子裡又能有幾人聰慧過她？

只除了……

蘭兒瞄了眼沈問玉，見她目光幽涼，似也想起了江南。

暮青，那是她永生難忘的名字，此人僅憑驗屍就看出劉氏是被逼自縊，致她閨譽有損，她怎能留她？只是沒想到那兩個水匪無用，竟讓她唆使匪徒夜闖沈府，若非府中有密室，她必難善終。

不過，大難不死必有後福，沈府遭劫讓她得以回京，只是不巧，又遇上了一個斷案如神的人。

但她選擇了賭，一是賭世間男兒沒幾個識得破後宅之爭，二是那在望山樓上潑茶救她的男兒值得她賭。

賭贏了，太皇太后、華郡主和他便都會厭棄寧昭。

賭輸了……

哐！

一道雷聲落下，院門被撞開，有腳步聲踏著泥水而來。

蘭兒拉開房門，見白電掠空，院子裡多了十來道人影，甲冑威凜，長刀森森，一個將領喝道：「江北水師奉都督之命，帶沈小姐到相府的莊子上走一趟！」

沈問玉僵坐在榻上，眸中湧起驚濤駭浪。

賭輸了？

半個時辰後，相府侍衛進了花廳，報說沈問玉帶到。

遠遠的，就聽咳嗽聲傳來，丫鬟打著傘扶著一人緩緩而來。來者雲髻素簪，面覆白紗，蓮步纖纖，裙裾如雲，這大雨滂沱的夜裡竟叫人不禁想起月照明江的美景。

「安平侯姪女沈問玉，見過郡主、小姐，見過都督。」沈問玉進了花廳福身見禮，話音嬌弱得叫人生憐。

這時，嗚咽聲傳來，沈問玉循聲望去，發現被綁的陳蓉，不由驚道：「蓉兒？妳這是……」

陳蓉的嘴被塞著，沒人聽得懂她在說什麼。

暮青道：「陳蓉夥同婆子殘殺鄭大人之女，模仿京中凶案殘屍嫁禍，犯案手段破綻連連，計畫卻頗為周密，本官以為甚是矛盾。聽聞沈小姐與陳小姐過從甚密，特請來一問，此案與妳有無關聯。」

沈問玉聞言，心中因那句「犯案手段破綻連連，計畫卻頗為周密，本官以為甚是矛盾。」而驚異至極。

原來，真有人會去想這些……

沈問玉心中驚異，卻露出怔色。「蓉兒，妳……」

陳蓉閉眼認命。

沈問玉痛心疾首，跪稟道：「郡主，此事是我與蓉兒的戲言，本為開解她，未曾想她當了真。蓉兒有罪，我該當一半罪責，還請郡主治罪。」

寧昭聞言，眸中涼意入骨。「人命之事，自有盛京府斷判，怎叫本郡主治妳的罪？」

沈問玉悽惶地道：「小女只想求郡主饒了蓉兒……」

寧昭拂袖怒道：「妳們說了些什麼戲言，她竟當了真，跑來我面前表忠心，殺了人又說是為我！分明是妳們不饒我，怎成了我不饒她？」

元鈺道：「妳願擔一半罪責，倒是有情有義，但妳二人相識沒幾日，真有如此深的情誼？」

沈問玉面色淒苦。「蓉兒與我處境頗像，雖相識數日，卻如做了幾世的姊妹一般。我瞧蓉兒想為父奔波卻無門路，便戲言博她開懷，哪知她會犯糊塗？終究是我害了姊妹，自該禍福與共，縱是償命，黃泉路上也有個伴兒。」

這話說得情真意切，陳蓉頓時淚如雨下。

暮青嗤笑一聲，好演技！好心計！沈問玉知道一味不認，只會寒了陳蓉的心，到時將戲言一五一十地抖出來，會對她不利，所以她才會承認。既顯得自己坦蕩無害，又能感動陳蓉，使她拒不招供——以退為進，這演技就差搭個戲臺子了。

「沈小姐說了這麼多，戲言一個字兒都沒講。是否戲言，該當何罪，不由妳說了算。法不容情，別打感情牌，本官只問案情，而妳該供述的案情，一個字都還沒說。」暮青毫不留情地戳穿。

沈問玉的啜泣聲戛然而止，她拿帕子掩口咳了起來，只覺得五臟肺腑都在疼。

暮青涼薄地道：「既然沈小姐與陳小姐情同姊妹，想必妳在陳述時不會避重就輕，好讓自己顯得善良無辜，而陳小姐糊塗心惡，是吧？」

沈問玉聞言，袖下的手揑緊，指甲陷入掌心，鮮紅染了雪帕。

沒想到，世間真有男子能看得破女人家的伎倆……

「都督放心。」沈問玉恨恨地一笑。「小女子定然知無不言。」

陳蓉來到莊子上小住，貴女們不願與她親近，她便常出門散心，偶遇沈問玉後，兩人相談甚歡，她便常去侯府的莊子上串門。

這日，兩人約在林中賞景，正巧撞見姚府的馬車翻到了山溝裡。

陳蓉吩咐婆子回去報信，下山救人，沈問玉笑道：「妹妹心善雖好，但這人救了，回去怕是要受冷待。」

「為何？」陳蓉不解。

沈問玉道：「那是姚府的馬車，隨從這麼少，車裡定是不得寵的主子。妳也知道，多數時候，來莊子上的都是被打發出來的，比如我……妳想想，如今姚府裡被打發出來的能有誰？」

陳蓉被點醒。「就是那個夜裡被送進侯府，又被抬出來的庶女？」

沈問玉頷首。「八成是。」

「若不是呢？」

「終歸是姚府的人，妳若是郡主，可待見？」

「可姊姊曾被侯爺救過，我常來看姊姊，也沒見郡主惱我。」

「侯爺救我是英雄之舉，那日遇事的不論是誰，侯爺都會救。再者，元、沈兩家的恩怨妳也知道，我不可能進侯府，郡主為何要將我放在心上？」

陳蓉沉默了，覺得是這道理。

這時，忽見一隊人馬往半山腰奔去，陳蓉踮腳張望著，驚道：「真是個小姐，玉姊姊，妳可真厲害！」

沈問玉瞥著半山腰上的水師將領，樹影斑駁，鬢如雲，簪如雪，晨陽落在簪頭，猶如刀光。

這時，婆子提醒時辰，說該回去了。

沈問玉道：「妹妹回去切勿提起今日所見，免得招惹閒話。聽姊姊的勸，別憋著勁兒，若想讓妳爹起復，就得跟她們走得近些，唯有逢迎，才能求得良機。」

陳蓉打趣道：「姊姊這番囑咐，活像咱們明日就見不著了似的。」

沈問玉露出不捨的神色。「郡主快則明日，慢則後日，必定回城。」

「這話怎麼說？」

「郡主來是為了散心的，可鄭、姚二位小姐都在山上，妳覺得她還有心情住下去嗎？」沈問玉正了正陳蓉的珠釵。「聽姊姊的勸，妳若想得，必得付出，想想誰對妳爹起復有助，投其所好，定有成事之日。」

陳蓉頓時紅了眼。「姊姊放心，我定助爹爹早日起復，到時我就求爹爹送我來莊子上陪姊姊。」

她是罪臣之女，見到貴人不易，委實沒料到此行這麼快就要結束，知道下回再遇此良機不知要等到何時。陳蓉不由心焦，莊子上能助爹起復的人只有元鈺和寧昭，元鈺喜愛騎射，尋常女子不熟，很難投其所好，而寧昭郡主……

陳蓉的眼神一亮，問道：「我若為郡主出口氣，妳說郡主會幫我爹美言幾句嗎？」

沈問玉聞言笑了，點了點陳蓉的額頭。「妳打算如何為郡主出氣？若跟人家作對，定有閒話說郡主善妒，縱妳欺辱人家。倒不如妳再長些本事，殺人嫁禍，永絕後患，郡主興許能高看妳一眼，收妳當心腹。」

這話玩笑似的，陳蓉主僕的臉色卻變了。

陳蓉生硬地道：「姊姊說笑了，殺人嫁禍豈是易事？」

沈問玉打趣道：「自然不易，郡主的心腹豈是那麼好當的？」

「那……若人死在姚府的馬車裡，官府能信嗎？」陳蓉兩眼發直地盯著山路，婆子見自家小姐似是著了魔，忙要勸阻。

沈問玉道：「妳當官府的人傻？死在姚府的車裡就定是姚府之人所為？」

陳蓉急急切切地問：「那怎麼才能讓官府相信？」

「小姐，咱們該回去了。」婆子道。

沈問玉愣了愣，這才問：「妳不會當真了吧？」

陳蓉不自然地道：「怎麼會呢？玩笑罷了。」

沈問玉鬆了口氣。「嚇我一跳，倒沒發現，妹妹有此膽量。」

陳蓉道：「我爹是武將，我的膽量自然大些。」

「唷！那我倒要看看妳的膽量到底有多大。」沈問玉說罷就牽著陳蓉的手走到林邊，看著翻進山溝裡的那輛馬車，一番耳語，似在講鬼故事。

山風微涼，穿林而過，低低颯颯，猶如鬼哨。

陳蓉聽罷，幽幽地道：「姊姊比我聰慧，我興許只有膽量能勝得過姊姊。」

「……看樣子是。」沈問玉端量著陳蓉，被她驚著了。「本是我想嚇嚇妳，倒被妳嚇著了，我真後悔了。妳切勿當真，姊姊只為告訴妳，成大事者，要忍人所不能忍，為人所不能為。可咱們是女兒家，後宅有後宅的法子，妳說呢？」

陳蓉頷首應是，卻心不在焉，匆匆辭別而去。

一番回憶罷了，寧昭怒問：「此乃戲言？」

沈問玉嘆了聲，對陳蓉道：「旁人之見已不重要，事已至此，終是姊姊害了妳。」

陳蓉撲到寧昭面前，嗚嗚地叩首。

寧昭怒道：「把她嘴裡的東西拔了，我倒要聽聽，她有何話說！」

陳蓉哭道：「郡主，是我急功近利！姊姊勸過我，我錯在沒聽她的。」

「妳錯在沒想過妳爹娘。」暮青道：「妳想助妳爹起復，卻不想隱忍籌謀，急於成事，才會被殺人之計迷住。世間之事，高回報往往有著高風險，此事的風險不是計謀敗露之後，妳會在斷頭臺上一死了之，而是生養妳的爹娘會受妳連累，永無翻身的機會。」

陳蓉聞言，似遭當頭棒喝，這才露出了驚惶之色。

暮青對沈問玉道：「妳知道她自尊心強，不願逢迎他人，那妳戲言殺人，會想不到她有冒險的可能嗎？妳聰慧到沒見過郡主就能揣度出她的心思，會看不見眼前之人神色不對？」

四周的目光如芒刺在背，沈問玉的十指摳著青磚，喉口湧出腥甜，忙拿帕子捂嘴，悽楚地道：「都督覺得小女子是故意為之，那便是吧，雖然小女子與郡主和鄭、姚二位小姐無仇無怨。」

說罷，她淡淡地笑了，彷彿已看透生死，對陳蓉道：「此禍因我而起，我說過禍福與共，自會與妹妹共赴黃泉。」

暮青委實厭煩這齣戲，不由厲喝道：「陳蓉！我問妳，妳可願與她共赴黃泉？」

此話猶如平地一聲驚雷，問得陳蓉和沈問玉都怔了。

暮青問：「若今日之事重來，妳可願冒險殺人？妳是願意徐徐圖之，待妳爹起復，接妳娘出府，一家團聚；還是願冒斷頭之險，計敗身死，連累爹娘？」

陳蓉聞言如遭雷擊，若能徐徐圖之，總能守得雲開，好過搭進性命，也搭進了爹娘的後半生。

暮青又問沈問玉：「沈小姐口口聲聲與人共赴黃泉，可想過旁人樂不樂意？妳戲言害人，說句共赴黃泉，顯得有情有義？妳的命和她的命相比，和她爹娘的後半生相比，有多值錢？真是好大的恩惠！妳說那番話是戲言，她覺得是戲言，妳們之間的話就真是戲言？大興律是擺著好看的？妳沒看過，我背給妳聽：『勸說、利誘、授意、慫恿、收買、威脅，灌輸他人犯罪者，是為故意教唆！被教唆者萌生犯罪之意或至於實行，為教唆者所能預見的，是為教唆罪！』妳算算那番話裡占了幾樣，妳再想想，妳與她最後的幾句言語中，是否表明妳已看出她聽進去了？」

沈問玉一口氣上不來嚥不下，五臟肺腑都在疼。

這少年先是看穿了陳蓉不夠聰慧，逼她交代了戲言，又尋到了定罪證據，好個厲害的人物！

此人是何來路？

暮青望向廳外，章同帶人搜尋另一具屍體，怎麼還沒消息？

正想著，一個侍衛進來通傳，章同提著只包袱進了花廳，裡面收著兩把雨傘和一塊青碧琉璃盞的碎片。

章同道：「屍體埋在離山溝不遠的林子裡，看衣著，是個丫鬟。」

暮青將那塊碎片和斷在腳筋裡的那片相對，又和打碎的那只琉璃盞一拼，正好拼出了一只完整的貢盞。

凶器找到了，陳蓉也招了，婆子就沒什麼可隱瞞的了。殺鄭青然的是陳蓉，婆子殺的是丫鬟，兩人一起移的屍，殘埋屍體的是婆子。鏟子是從廚房裡拿的，把上沾了血，婆子將血衣和鏟子包起，壓上石頭沉了井。

案情已明，剩下的事移交給盛京府即可，府衙的人要清晨才到，案犯只能先關押在莊子裡。

貴女們告退，寧昭懨懨地道：「鈺兒，這裡交給妳了，我頭痛，先回屋歇著。」

暮青也提出告辭，元鈺卻喚住了她：「都督可否借一步說話？」

花廳外的廊下掛著錦燈，燭光微弱，兩人避在廊角，雨聲掩蓋了私語聲。

「都督，你說……寧姊姊有沒有默許此事？」元鈺心裡亂糟糟的，她很喜歡寧昭的端莊穩重，可她無法坐視哥哥娶一個可怕的女子。

暮青目光微暖，問道：「小姐覺得呢？」

元鈺生在元家，怎可能不諳世事？她只是不願承認。

元鈺道：「晚餐後，我拿出青碧琉璃盞待客，陳蓉說姚小姐來了山上，寧姊姊便失手打碎了琉璃盞。我怪陳蓉多嘴，姊姊卻問我要了補品送給姚小姐，陳蓉提議讓鄭小姐去，還嘲諷鄭、姚兩人是老熟人了，鄭小姐只好去了，後來就失蹤了。」

暮青默然。

「婆子說，陳蓉午後在寧姊姊面前說要除掉鄭、姚兩人，那她晚餐後就提議讓鄭小姐去送補品，寧姊姊會想不到陳蓉會藉機行凶？」元鈺的語氣有些痛心。

「既然小姐心如明鏡，又何需問我？」暮青嘆了聲，出了遊廊，走入了雨中。

今夜會是個不眠之夜。

第十一章

連環命案

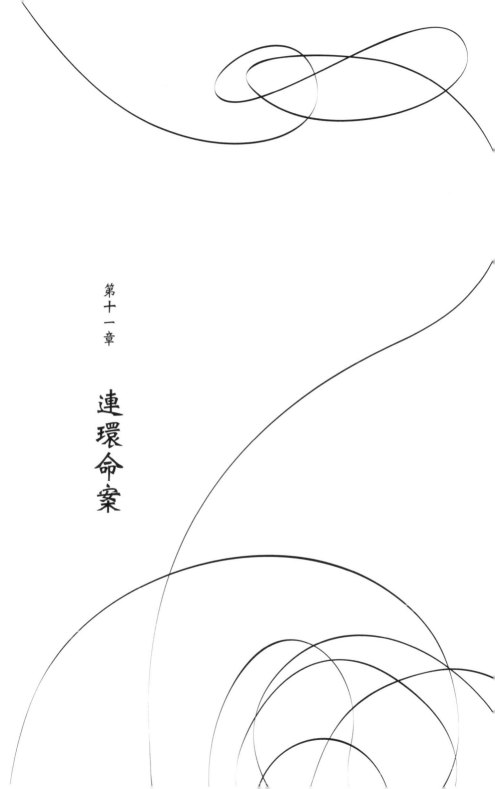

暮青回到軍營歇了半宿，次日清晨，帶著月殺回到了相府的莊子。

鄭廣齊到了，他白髮人送黑髮人，正在偏廳裡痛哭。

寧昭沒出來待客，偏廳裡只有元鈺和一個婆子陪著。

見暮青來了，鄭廣齊一揖到地，哭道：「謝都督查明真凶，下官身穿官袍難行全禮，望都督莫怪。」

暮青與鄭廣齊的關係實在稱不上好，只是淡淡地道：「鄭大人節哀。」

鄭廣齊問：「都督來此事想問京中的那兩樁案子？」

暮青道：「不急，鄭大人先處置私事吧。」

鄭廣齊聞言有些意外，這閻王爺也有叫人先私後公的時候？

「小女要送回府中才能發喪，下官自有時間處置私事。都督練兵辛勞，下官無能，京中的案子還要倚仗都督。」鄭廣齊客氣地道。

暮青沒再拒絕，兩人來到院子裡，這便說起了案子。

一聽之下，暮青才知，案子不是兩樁，而是三樁。前天夜裡又發了一樁案子，手法相同。

暮青算了算時日。「即是說，這三樁案子間隔時日都是五天？」

鄭廣齊道：「是，這凶徒喪心病狂，再隔五日興許還會犯案。」

「未必。」暮青沒解釋原因，只問：「三人都是風塵女子？」

鄭廣齊愣了。「都督怎知？」

暮青道：「良家少女哪個夜裡會坐著小轎出來？當然，也可能是哪家府上的美姬，我只是猜測罷了。」

士族門第有互贈美姬的惡習，不排除那三人是哪家養的美姬。但三樁案子都時隔五天，不太可能每隔五日就正好有美姬被送出府，所以受害者是風塵女子的可能性更大。

鄭廣齊嘆道：「三人都是清倌兒，但並非來自一家青樓。第一人是楚香院的，第二人是憐春閣的，第三人是伊花館的，都在外城。三人都是當夜被重金買下，送出去開苞的，結果半路被人殺死在了轎中。」

「轎夫呢？」

「被迷暈了，說是抬著抬著轎子便手腳無力，而後便人事不知。仵作說女子是在轎中被迷暈的，昏睡時被人放血而亡。下官猜測凶徒是江湖中人，武藝極高，也許是採花大盜。」

「三人都被侵犯過？」暮青問，鄭廣齊既然猜測凶手是採花大盜，那就表明凶手劫了色。

「正是，但……何時劫的色，仵作和穩婆都說不準。」即是說，是姦殺案還是姦屍案，尚不清楚。「都督可有高見？」

暮青道：「很難判斷，雖然可以根據皮下組織的充血情況來判斷是生前傷還是死後傷，但死亡可能發生在被侵害的過程中。再說了，凶手剜掉守宮砂帶走，說明他很變態，即便驗出是姦屍，也只能證明他更變態，除此之外別無意義，我倒是對另一件事更感興趣。」

「何事？」

「穩婆有稟其他事嗎？比如精陽之色可正常？留在死者的體內還是體外？」

「這……沒稟。」穩婆驗屍也就是看看女子是否完璧之身，是否生育過。「前日的受害者還未下葬，下官這就命人派穩婆再去驗，一有消息立刻告知都督。」

練兵不能耽擱，暮青還有半個月才能回城，只好與鄭廣齊商定將複檢的屍單送到水師大營，她可以將推測寫成書信送到盛京府。

鄭廣齊辦事很快，傍晚時分，捕快就將屍單送到了。

再次驗屍有了新發現——死者確非完璧之身，但體內沒有精陽，衣物上也沒驗到。

暮青給了鄭廣齊五個看法：

第一，凶手剜下守宮砂的舉動顯示出一種占有欲，因此應是單獨作案。

第二，凶手可能是天閹或後天有疾，不能人道。不排除因驗屍遺漏而誤判的可能性，但凶手毫無疑問有性變態的癖好。

第三，凶手單獨作案，人為胯部脫臼需要力氣和技術，因此定是習武之人。

第四，要防備下一樁案子，需在城中一、二等的青樓附近安排人手。凶手的眼光很高，楚香院、憐春閣、伊花館，皆是盛京城裡一、二等的青樓。青樓也分等，院、館、閣為名的皆是一、二等的，乃達官貴人尋歡的去處，三、四等的只能以室、班、樓、店及下處為名，恩客身分低。此行規只有官字號的青樓不守，比如玉春樓，玉春樓裡的女子皆是官奴，因戴罪而降等，因此以下等的店號為名。

第五，可暗中查訪士族子弟中患有隱疾、在房事上有特殊癖好且會武藝的人，但不排除凶手是江湖人士。

寫罷，暮青命人將信送出軍營，交給了等候在轅門外的捕快。

這只是初步推測，不可能擒住凶手，但可以防備凶手再犯案。

之後，暮青一心練兵，不再過問京中之事。

半個月後，西大營考核，百名強兵被暮青點到帳下，一起回京。

血影包了戲園和客棧，暮青帶著人吃了飯、聽了戲，一併送去客棧，嚴令夜裡不得走動，便帶著卿卿和魏卓之走了。

回府的路上，暮青去了趟盛京府衙。

府衙後堂掛了白綢，鄭廣齊匆匆而來，穿著便服，兩鬢霜白，老了許多。

暮青進靈堂上了炷香，才與鄭廣齊說起了案子。

鄭廣齊嘆道：「下官照都督所言行事，凶徒受此震懾，竟未能再犯案。」

暮青卻沒那麼樂觀。「鄭大人不可掉以輕心，尤其是今夜，青樓附近一定要加派人手。」

鄭廣齊道：「都督放心，府衙和巡捕司定嚴防布控。」

暮青點了點頭，只能如此了。

暮青回府時已是三更時分，梨花滿園，小樓夜靜，軒窗燈影裡立著一人，袖如月，花如雪。

暮青望著小樓，和那人的目光一對上，便低頭進了屋。

「今兒穿得倒素淡。」暮青上了閣樓說道。

步惜歡幽幽一嘆。「娘子新婚拋夫從戎，為夫見到紅袍就想起成親那日，不得已才素袍加身，娘子可有負罪感？」

「沒有。」暮青坐下，面前擱著茶盞，盞中無茶，唯有溫水。想來她一進府，他便得到稟奏了，夜裡飲茶不利睡眠，他便斟了杯水，待她進屋正好能喝。

這人總是如此，沒一句正經話，做著體貼事卻不提。

暮青品著這杯體貼入微的心意，少見地生出玩笑的閒心，說道：「也不知是誰新婚夜裡就走了的。」

步惜歡怔住，她在意那夜他沒留下？

那夜拜堂成親，這一個月來，他夜裡常醒，總覺得身在夢中，唯有那一對蓋了國璽朱印的婚書能寬慰他。那夜成親，事前並無安排，他只能離開。此事乃一生之憾，沒想到她也一樣在意。

終是他不夠好，虧欠了她。

暮青見步惜歡這般神情，這才道：「玩笑罷了，說正事吧。」

「鄭廣齊之女的案子？」步惜歡坐下添水，漫不經心地道：「陳蓉賜死，今夜行刑。」

暮青心裡咯登一聲，她以為朝廷會徇私，沒想到竟將陳蓉賜死了？

「朝廷總要給鄭廣齊一個交代，陳漢不受寵，嫡女又闖下大禍，還牽連了寧國公府，不殺她殺誰？妳猜，定遠侯是何態度？」

「棄陳蓉，保侯府。」

「何止？定遠侯請了族長來，稱陳漢出生時剋母是為不孝，出仕後強搶天子愛馬是為不忠，在祠堂前將此不忠不孝之輩從族譜中除了名。陳蓉之母被攆出了府，御史彈劾陳漢教女無方，朝中定了他流放之罪。千里之遠，戴枷而行，多半要死在路上。」

暮青聞言心生寒意，暗道果然高門無親情。「沈問玉呢？」

「和親。」

「什麼？」

「有這麼意外？」步惜歡欣賞著暮青難得一見的神情，意味深長地道：「此女借刀殺人，連消帶打，若非被妳識破，這會兒連寧昭都折在她手裡了。陳蓉不過是顆棋子，棋子可棄，博弈之人廢了豈不可惜？」

暮青道：「既知她心機深沉，朝中還敢用，不怕被咬？」

步惜歡問：「那幕後之人至今沒查出來，元廣有意在關外查察線索，此乃其一。其二，日前呼延昊回到關外，以其他部族盜取神甲為由興兵，短短兩個月就滅了月氏，直逼烏那，草原上正亂著。呼延昊非等閒之輩，一旦兵強勢大，必定危及邊關。西北軍若被牽制在邊關，於元家不利，因此他們才想選一和親之女，既能自保，又能暗中作梗，拖延呼延昊一統草原的腳步。能擔此大任者甚少，此時出了這樁案子，妳說朝中捨得讓她死嗎？」

暮青冷笑道：「沈問玉若到了關外，必為自己打算，不會如元家所願。」

步惜歡道：「元敏自有讓她聽話之法，明日一早此女就會進宮覲見，隨後聖旨就會下到安平侯府。」

暮青沉默了，如此也好，若能拖延住呼延昊一統的腳步，那麼不僅對元家有利，對步惜歡也有利，他需要這段時間來謀劃大事。

安平侯府。

護院挎著刀將一間小院圍了兩重，房門上著鎖，屋裡卻有人。

蘭兒道：「奴婢聽說狄王殘暴，五胡間常有戰事，女子如同牛羊，還有父子兄弟共妻的荒唐事。」

沈問玉倦倦地闔著眸，事已至此，急有何用？一朝失手，不死已是萬幸。

狄王妃……

若這身子不是如此不中用，或可藉此身分一搏，可這身子到了關外還不知能活多久，唯一慶幸的是，和親是明年之事，趁此時日用心籌謀，或可尋得轉機。

窗外燈火通明，女子扶榻咳著，脣角血色殷紅，眸中若含幽火。籌謀苦忍不怕，只怕攔路虎，那虎樹敵不少，或可藉狄王妃的身分尋其仇而盟，以防勢孤無靠，陷入香閨零落之境。

士族勢大，那虎再智謀無雙，終不過是江南仵作，無親無勢……

思索至此，沈問玉嘶了一聲，猛然抬頭，驚了蘭兒。

「妳可曾聽過江北水師都督的傳聞？此人是江南何方人氏？」

「聽說是汴州人氏，小姐怎問起此事？」

「汴州人氏……」沈問玉喃喃自語，自顧沉思，許久之後，搖了搖頭。不可能！

「小姐，和親之事……」

「等旨意。」

和親旨意一下，她就會覲見太皇太后，聆聽訓誡。

既已身在絕境，不妨再賭一回。

清晨時分，暮青被一陣登梯的聲響驚醒了。

「昨夜又死人了。」月殺道。

暮青速速起身，捕快在府外等著，見到暮青忙稟告說，昨夜的案子發在內城。

「內城？」

「可不是？府尹大人命人嚴守外城，哪曾想凶徒在內城犯案了！」

內城只有一家青樓，玉春樓！

「人在何處？」

「城南！」

城南鷺島湖兩岸置著不少宅子，案發地在胭脂巷裡，深處通著條窄巷，一頂小轎停在當中，轎夫趴在地上，血腥氣撲面而來。

鄭廣齊見到暮青如同見了救星，暮青問道：「何人報的案？」

「胭脂鋪裡的小二。」鄭廣齊將人喚了過來。「小二晨起後到巷角小解，發現死了人。」

「這巷子通向何處？」

「古董巷。」

「巷子裡可進去過人？」

「沒有，下官命人將巷子口都把守住了。」

暮青問話時已將行頭穿上，而後進巷子，帶著四個人，月殺、鄭廣齊、仵作和穩婆。

暮青在查撫恤銀案時，老仵作獲罪，北派對暮青多有不滿，仵作正想見識暮青的能耐，不料離轎子尚有十步遠，暮青便命眾人停步，隻身到了轎夫身旁，探了探轎夫的頸脈。

仵作淡淡地道：「稟都督，轎夫只是被迷暈了。」

暮青問：「有何證據證明他是被迷暈的？」

「前三起案子，轎夫醒後都是如此說的。」

「哦。」暮青起身退到一旁。「你來看看，此案的現場與前三起有何不同。」

仵作依言上前查看了一圈，說道：「並無不同。」

暮青點了點頭，又在轎夫身旁蹲了下來。

仵作訝異了，沒見過不驗死人，先驗活人的。

只見暮青在轎夫身上仔細翻找了起來，翻到袖口時目光一變，那挽著的袖口裡竟存著些粉末。

暮青將粉末撥進帕子裡，藥粉在雪帕裡顯出淡淡的粉色。她將帕子一收，又走向後面的轎夫。

仵作跟著觀摩，見暮青逐層翻看轎夫的衣物，但再未發現藥粉。

暮青對月殺道：「去轎頂看看有沒有這種粉末。」

月殺飛身而起，靴尖點在轎頂低頭察看，少頃，蹲下撥開轎頂的彩穗，說道：「有！」

暮青將帕子遞給他，月殺使匕首將穗子下的粉末收集好後躍了下來，說道：「此藥像江湖上的軟筋散，但軟筋散不會致人昏睡。」

暮青點了點頭，這才對仵作道：「轎夫之言只是供詞，而非證據，這才是勘察現場時應該找的證據。」

仵作啞口無言，問道：「都督是怎麼想到轎夫身上會留下藥粉的？」

暮青指著巷子道：「假如人是被迷暈的，藥粉就有留在現場的可能。這條巷子是東南走向的，四月時節，京城裡颳的正是東南風，凶手會擇上風向動手，也就是巷子口那邊。轎子從巷尾而來，凶手將藥粉撒出，前面的轎夫首當其衝，有藥粉落在身上的可能性頗大，而後藥粉被風吹散，後面的轎夫只是吸入性昏迷。至於轎頂之上為何會留下藥粉，原因很簡單，巷子兩邊院牆頗高，凶手作案時可能隱蔽在高處。」

巷子口有戶人家的院子裡種著棵梨樹，梨花開得正濃，暮青對月殺道：「你去看看，樹上可有腳印？」

月殺飛身上樹，一番細看，下來道：「沒有，但只有這棵樹上能藏身，看來凶手輕功不錯。」

暮青點點頭，這也是線索。

現場周邊勘察罷了，暮青這才來到轎旁掀了簾子。轎子裡外有大攤血跡，死者仙髻簪花，襦裙桃紅，只有十三、四歲，因施著脂粉，面色並不蒼白。

暮青提起少女的袖口看了看，守宮砂被剜走了。她又挑開衣裳看了看死者的肩，見肩上沒有屍斑，便問仵作：「那三具屍體也不見屍斑？」

「不見，血都被放乾了。」仵作答道，比驗屍，他自信不會驗錯。

「那就不對了。」暮青指了指地上。「從屍僵來看，她已死了四個多時辰，身上不見屍斑，顯然血已流乾，但你看地上，血量不對。以死者的身量胖瘦而言，她的血少說有六、七斤，地上沒這麼多。」

仵作笑了。「六、七斤？都督怎知？」

暮青道：「正常情況下，一個人的血量約為體重的百分之八左右，即不到一成。當然，這有個體差異，但一般來說，男子比女子血多，胖人脂肪多而血少。」

一成之說，仵作倒是聽懂了，只疑這少年對此知之甚詳，莫非放過人血？

暮青並不在意偏見，她喜歡用事實說話。「目測死者的體重，可以猜測血量有六、七斤，就算轎子的地板和磚縫裡都吸飽了血，這血泊還是小了。如果前三具屍體的情況形同此具，那就說明死者的血是被凶手帶走了。」

鄭廣齊聞言甚是驚駭。「莫非這凶徒殺了人，還要飲血？」

「這就不知了。」暮青命人將轎子從血泊前挪開，這才進了轎子。她摸了摸四壁，又把死者的衣裙摸了個遍，說道：「沒有精陽，把屍體抬出來！」

捕快拿了張草席鋪到地上，將屍體放倒，屍體已僵，躺著的姿勢怎麼瞧都像是承歡的姿態。

暮青命人扯住屍裙，而後鑽入了裙下，退出來時臉色不太好看。她對穩婆道：「妳來看看，與先前驗的可有不同？」

穩婆哆哆嗦嗦地鑽進裙底驗看了一番，退出來後稟道：「回都督，並無不同。」

「哦？」

「回都督，女子頭一回，若遇上不懂得憐香惜玉的男子，多是這樣的，這凶徒又格外折騰些……」

「把妳的帕子給我。」暮青對月殺道，她的帕子拿來包藥粉了。

月殺取出帕子遞給暮青，見暮青尋了把鑷子，又鑽進了裙底，似乎正在捏什麼東西往帕子上放。提取完物證後，她又在轎中搜找了一番，將找到的東西一同收進了帕子裡。

仵作見帕子裡包的竟是毛髮，臉上不由火辣辣的。

暮青道：「奇怪，凶手行事如此粗暴，現場怎麼沒有留下毛髮？」

仵作詫異了。「都督怎知這裡沒有凶手的毛髮？難道男子和女子的還有差別不成？」

暮青道：「自然有，以陰戶上的毛髮來說，女子約十一歲時開始生長，男子十三歲，起初稀疏且長，柔軟且直，隨著年齡的增長而變得黑粗捲曲，二十五歲是最旺盛的時期。你看這些毛髮，淺而細軟，符合死者年齡該有的特徵，絕不是凶手的。」

仵作：「……」

「毛髮的生長有順序和週期，腋毛晚恥毛兩年，鬍鬚與腋毛時間一致，生長順序是上脣、頰毛、下巴。其他部位的是：小腿毛、大腿毛、前臂毛、腹毛、臀毛、背毛、上臂毛和肩毛。直至成年，毛髮的生長範圍和程度都在增加，大約持續到四十歲。只有頭髮在成年後會隨著年齡的增長而減少。打鬥案和姦淫案的現場很可能有毛髮遺留，乃重要物證，不可不查。」這番話與案子無關，暮青只是想傳授經驗，這仵作前三具屍體驗得幾乎無錯，只因缺失一些理論而沒能驗出疑點，實屬難得了。

仵作聞言神色複雜，常言道：教會徒弟餓死師父，也不知這少年為何不知藏私。

「根據此事，我只能做出兩個推測，要麼凶手並非男子，要麼不能人道，是藉物行凶。」暮青說回案情，卻再次語出驚人。

「藉物行凶？」鄭廣齊神色驚異。

暮青道：「有兩件事，鄭大人可以立即去辦。第一，受害者皆未及笄，查查她們是被何人、以何種方式、在什麼場合下買下的，以便分析凶手為何能事先得到消息。第二，查查案發的巷子是否都是東南走向。」

「下官馬上就去！」鄭廣齊說罷就急匆匆地走了。

暮青將物證交給仵作，仵作接手時已恭敬了許多。

「我們去王府。」暮青把清理現場的事交給了仵作，而後帶著月殺往瑾王府去了。

這時，盛京宮中。

元敏倚在榻上，華裳如墨，威重凌人，淡淡地道：「抬起頭來。」

沈問玉未飾簪花，未施脂粉，楚楚之態如弱風拂柳。

「果真是美人，怪不得身為罪臣之後，也敢肖想修兒。」元敏面色冷淡，喜怒難測。

沈問玉垂眸跪著，不發一言。

元敏道：「本宮說穿了妳的心思，妳倒不惶恐。」

沈問玉道：「太皇太后說臣女有罪，臣女就有罪，無需惶恐多辯。」

元敏嗤笑。「看來，朝廷用得著妳，妳有恃無恐。」

沈問玉又沉默了。

元敏唇角微揚，笑意卻未達眼底。「妳很聰明，也有膽量，若昭兒有此心計，本宮會更看重她些。不過，也正因為妳連昭兒都敢動，本宮才看重妳。」

元敏瞥了眼身後，安鶴下了玉階，將錦盒遞到了沈問玉面前，錦盒裡放著顆丸藥，鮮紅顏色，一看便知是毒藥。

沈問玉望著藥，眸光幽深，說道：「稟太皇太后，臣女想薦一人，她更適合和親。」

「哦？」元敏撫著指甲的手一頓。

「臣女要薦的，是侯爺的心上人。」此話一出，殿內忽靜。

半晌，元敏問：「妳知道修兒的心上人是誰？」

沈問玉淡淡地道：「臣女不僅知道此人是誰，還知道太皇太后為何遍尋朝中都尋不到她。因為此人不是三品文武官的女兒，而是朝中三品武官。」

「放肆！」元敏面色驟寒，斥道：「依妳所言，修兒好男風不成！來人，掌嘴！」

安鶴聞旨，掌起掌落，力如春雷。

沈問玉兩眼發黑，險些被當場摑斃，她含血而笑，嘲諷道：「太皇太后英明一世，卻被至親之情所縛，不過凡人罷了。侯爺鍾愛之人閨名帶青，非鄭青然，也非姚蕙青，而是暮青，此女乃汴州古水縣的仵作之女，此女在江南有陰司判官之名，她做得大興的女仵作，怎就做不得大興的女都督？去年六月，暮家人忽然不知所蹤，沒多久，西北軍中就出現了一個斷案如神的少年，仵作出身，年紀相仿。侯爺說他心儀之人在三品朝臣府上，而江北水師都督正是三品武職。侯爺戍邊十載，軍中三十萬兒郎，何處與女子相識？除非那人就在軍中！若人在軍中，除了英睿都督，還能有誰？」

沈問玉知道這猜測很瘋狂，可當初暮青不敢在古水縣待下去，離開後能去何處？當時正逢西北軍徵兵，只怕沒人能想得到一個女子會藏身軍中吧？

殿內陷入了長久的寂靜，半晌後，元敏忽然下了玉階，華裾在金紅的宮毯上豁開一道深壑，她來到沈問玉面前，抬起她的臉來，問道：「妳可有證據？」

沈問玉答道：「沒有。太皇太后說得對，臣女有恃無恐，猜錯了，臣女不會死，朝廷需要臣女去和親。猜對了，臣女倒覺得她和親更合適。」

元敏笑了。「那本宮倒想知道，她去和親，留妳何用？」

沈問玉也笑了。「臣女這身子，未必能活著到關外，不過是早死晚死罷了，何不拉上個人墊背？」

「也是。」元敏憐愛地撫了撫沈問玉紅腫的臉，柔聲道：「妳這孩子夠狠，本宮倒有些喜歡妳了。」

說罷，她冷不防地捏住沈問玉的下頷，將藥塞入她口中，逼她吞了下去。

沈問玉伏在地上，咳得撕心裂肺。

「何人和親，豈容妳舉薦？張狂！」元敏睨著沈問玉，目光涼薄。「聰明人往往不長命，懂得審時度勢的人才能活得長久。記著本宮的話，在關外興許有用。」

說罷，安鶴便喚人進了大殿，將沈問玉扠了出去。

元敏轉身而回，往事一幕幕在眼前掠過——修兒自戕那夜握著何人之手，那手是何模樣，修兒回京後常去何處，與何人過從甚密……

好一個英睿！

暮青到了王府，沒讓下人通稟，見到巫瑾時不由一怔。

巫瑾穿著布衣，挽著袖口，拿著藥鋤正在藥園子裡鬆土。盡處一間竹廬，廊下焚著檀香，一個小童盤膝坐在香爐後，正撫瑤琴，琴聲寧遠，男子躬耕於藥田間，令人見了不由心馳神往。

忽然，琴聲止住，小童抱琴而起，朝暮青施了一禮。

巫瑾瞧見暮青一怔，侷促地笑道：「下人越發不懂規矩了，也不知通稟一聲。」

暮青道：「是我沒讓他們通稟。」

巫瑾當即吩咐小童請暮青到竹廬裡稍坐奉茶，自己匆匆走了，說去更衣。

暮青大為不解，這時代的男子怎如此在意形象？她進竹廬坐了半炷香的時辰，巫瑾來時已是廣袖雪袍，衣帶留香，想來沐浴過了。

暮青無語，但正事要緊，便開門見山地道：「我是請兄長看樣東西的。」

她拿出帕子，把藥粉遞給了巫瑾，見巫瑾撚了些湊到鼻下要聞，不由一驚，急忙拽人。「此藥可致人昏迷！」

巫瑾失笑：「在妹妹心裡，為兄就這點兒本事？」

說罷，他竟又將藥粉放在舌尖上嘗了嘗，暮青正驚異這人是不是百毒不侵，忽見巫瑾的手腕上有什麼蠕動了一下。

「藥蠱，食百毒。」巫瑾瞥見暮青的神色，不由將袖子一垂，蓋住了手腕，而後說起了藥粉。「此藥不過是軟筋散混了些蒙汗藥。」

「即是說，很好配製？」

「也不是。此中有味藥，名為秋水蓮，形似睡蓮，全株含毒，服之有乏力、虛脫、昏迷之症，用量稍多便可致死，配製此藥之人必定深諳毒理。」

「那京城裡能配出此藥的人可多？」

「軟筋散在江湖上用得多，藥鋪裡的郎中識得藥理，倒未必深諳毒理。御醫院裡倒有一人擅毒，是御藥局的院判周鴻祿，性喜鑽研毒理，常給外城的一家藥鋪配製行走江湖用的藥。那藥鋪名叫和春堂，與一些鏢局有往來，周鴻祿給人配藥不要銀子，只要鏢局走鏢時為他搜羅江湖奇毒和珍稀藥材，可謂毒痴。」

暮青點了點頭。「那我命人去查查。」

巫瑾道：「何需如此麻煩？差人請周院判來一趟就是了。」

暮青詫異了。「兄長跟周院判很熟？」

「不熟。」巫瑾蹙著眉道：「天下之毒，我這藥廬裡最多，那毒痴常來拜訪，奈何人老眼花，天賦不高，常糟蹋我的藥草，我不許他常來。」

「……」這叫不熟？

巫瑾極難深交，能讓他如此挖苦的人必是熟人。暮青難得生了好奇之心，便由巫瑾做主請人了。

周鴻祿午時方到，暮青來到花廳時，只見一位老者正負手踱步，褐袍白鬚，年過花甲，身形精瘦，略顯佝僂。

一見巫瑾，老者便問：「王爺把老朽喚來，又不許進藥園子，究竟有何事？」

巫瑾淡淡地道：「英睿都督查案，得一藥粉，讓你來瞧瞧？」

周鴻祿這才瞧見暮青，暮青拿出藥粉，他只瞥了一眼就說道：「沒錯，此藥出自老夫之手。」

暮青一愣，隨即面色一沉。「周院判只看了一眼就能如此肯定？」

周鴻祿不無得意地道：「都督不懂毒理，此藥中有味秋水蓮，以其花入藥，方得此藥色，多一錢則致人死命，少一錢則不能立刻將人藥倒。京中能將大毒之藥用得如此爐火純青的只有兩人——王爺和老夫。」

暮青聽得心寒，問道：「近來城裡連發四案，凶手以此藥作案，周院判就沒懷疑過此藥出自你手？」

周鴻祿愣了。「連發四案？什麼案子？」

暮青懵了，巫瑾忍著笑意道：「他是毒痴。」

一生專於一事，謂之痴。

周鴻祿本是江湖遊醫，先帝當年微服下江南時遇刺中了毒箭，周鴻祿正巧遇上，便救了駕，先帝擔心御前沒有解毒聖手，硬將他留在了御醫院中。周鴻祿雖是院判，差事卻是屬官在做，他只鑽研毒理。此人無妻無子，性情怪癖，人緣也不好，要不是有救駕之功，早被趕出御醫院了。

周鴻祿道：「藥是和春堂要的，說鏢局走鏢時常遇匪，此藥好用得緊。他們只要把秋水蓮拿來，老夫就給他們配，報酬是秋水蓮的蓮子。」

暮青不由思忖：凶手輕功不錯，會不會是鏢局的人？

她當即便想讓月殺傳信給盛京府查察此事，不料月殺不在，門童說他出府去了。

如無要緊之事，月殺不會離開，暮青急忙出府察看，在烏竹林中尋見人時，他正看信。

「何事？」暮青問。

月殺把信遞了過來，暮青一看之下，面色驟寒——沈問玉猜出了她的身分，元敏急召元廣進宮，商定明日宣她上朝回稟練兵之事，下朝後將她留在宮中祕密驗身。

天近晌午，烏竹遮了日光，暮青立在林中，竹影從眉眼間拂過，猶如刀影。半晌後，她默不作聲地收起密信，往王府走去。

月殺問：「臨危不亂？」

暮青冷笑。「鬼門關都闖過，何況這回死不了？」

元家的態度很明顯——掩人耳目，祕密行事。

女子從軍，入朝為官，犯的是禍亂朝綱之罪，罪當凌遲。若元家想將她治罪，此刻龍武衛早就該奉命來捉拿她了。

水師尚未練成，且女子堂而皇之地成了當朝三品武將，丟的是朝廷的臉面。無論元家看重哪一點，此事都不會大張旗鼓，驗身頂多是以此為把柄，迫使她為元家所用罷了，她暫時無險，只是沈問玉挺讓人意外。

「傳信盛京府，立刻去查外城的一家叫和春堂的藥鋪，並查查與之來往的鏢局裡可有身患隱疾之人。」暮青吩咐了一句就回了王府，直到周鴻祿走了，才將密信遞給了巫瑾。

巫瑾一看，目光微涼，抬眼時笑道：「莫慌，此事交給我們。」

「不可，大事將近，莫要節外生枝。我有一法可試，需問兄長求一味藥。」

「何藥？」

「閨房之樂的助興之藥。」

午後，暮青與月殺剛回都督府，相令就來了，果真是命暮青明日上朝回稟練兵之事。

暮青冷笑一聲，對月殺道：「傳信給你家主子，讓他今夜來都督府，光明正大地來。」

……

是夜，皇帝駕臨，宮衛儀仗一入府，平日裡冷冷清清的都督府裡頓時人滿為患。

范通領著宮人們在閣樓下候駕，皇帝自行上了閣樓。

夜深更靜，軒窗未啟，閣樓裡的話音卻清晰可聞。

「陛下深夜前來，所為何事？」少年聲音冷寒，隱含怒意。

「朕想念愛卿，故來瞧瞧。」

「那陛下瞧見微臣了，想必可以回宮了，微臣恭送陛下。」

閣樓上靜了靜，宮侍們低著頭提著氣，心中無不暗道這英睿都督真乃狂人！

閣樓上，龍顏未怒，反笑道：「來都來了，卿陪朕淺飲幾杯可好？」

「臣不好飲酒。」

「品茶也可。」

「也不好。」

君臣兩人一來一去，一個甚是無賴，一個拒人千里。

只聽皇帝嘆了聲，慢悠悠地道：「看來朕只能跟愛卿討杯水喝了。」

閣樓上靜了片刻，隨即傳來水聲，而後是茶壺擱下的聲響，宮侍們只憑聲響就彷彿能猜到少年臣子之意——趕緊喝，喝完了滾！

誰也不知，此刻閣樓裡，兩杯冷茶之間擱著一只玉瓶，暮青蘸著茶水在桌上寫了個字：「春。」

步惜歡怔了怔，也從懷裡摸出瓶藥來，蘸著茶水寫字：「藥。」

他們想到一塊兒去了。

今夜，他在內務總管府裡演了場戲才擺駕前來，此事必有人稟至宮中，但元敏未必會來，若想她來，需用猛藥。

他幼時入宮，他的荒唐隱忍，元敏都懂。青青在查步惜晟案時就表明了忠君的立場，他在此關頭夜至都督府，元敏怎會信他真是來尋歡的？她不信，自不會來看這場戲，為了逼她出宮，他才帶了懷恩散來。

青青是元修的心上人，他帶著虎狼之藥來了，元敏必不敢賭。她視元修如子，若今夜演的是戲倒也罷了，若真出了事，元修知道她知情而未到，元敏承受不起後果，元家也承受不起。

「愛卿不喝？」步惜歡一邊慢悠悠地說給窗下聽，一邊拿起暮青面前的藥瓶，將藥倒進了茶盞裡。

懷恩散是虎狼之藥，只是為了引看戲之人前來，而青青這瓶，猜也知道是誰給的，藥性必定溫和，倒是可用。

「微臣不好冷茶。」暮青說著話，伸手就去取茶。今夜的戲需得逼真，但她演不出媚態，只能服藥。

不料，還未碰到茶盞，步惜歡就將杯口覆住，把茶端到了自己面前。

是藥三分毒，他怎忍心叫她受苦？

暮青驚住，忙奪杯子。他克己多年，再溫和的藥對他而言都形同虎狼，而她是女子，對此事的忍耐力比他好。

「這茶莫非隔了夜？朕怎覺得有些不適？」步惜歡按著茶盞，還沒喝就演起來了。「愛卿來瞧瞧朕……」

暮青看似配合，暗地裡卻意圖奪杯，不料剛近身就被步惜歡攬住，男子湊在她耳邊低笑道：「為夫內力深厚，沾了媚毒也無妨，娘子未經人事，待會兒若按捺不住，真要了為夫可如何是好？」

暮青磨牙冷笑：「說得自個兒小媳婦似的，你可比我老多了，真要了你，也是我吃虧！」

「老……」步惜歡果然在意這字眼。

暮青趁他分神之際，奪過茶盞飲盡藥茶，就勢往地上一摔，怒問：「陛下此舉何意？」

晝燭明影裡，男子的輪廓雍容華貴，眸底似有幽火跳動，彷彿能將人燒得飛灰無存。

暮青被看得有些心虛。「那個……有解藥……」

說話間，她把解藥摸出，擱到了桌上。

步惜歡嘆了一聲，將解藥收進袖中，讓暮青偎入懷裡，對窗外道：「朕覺得這冷茶滋味兒甚好，愛卿以為呢？」

此話是說給宮侍們聽的，卻又像是在笑話她非要喝那茶。暮青此時已覺出熱來，也不說失了氣力，只是懶洋洋的，於是她沒動，只枕著他的肩膀罵：「滾！」

演了這麼久的戲，唯有這句話最情真意切。

步惜歡笑了聲，倒了杯冷水遞給暮青。「覺得難熬就喝一口。」

暮青倦倦地抬了抬眼簾，見男子手指清俊，暖玉雕琢似的，連玉杯都失了顏色。她忽然覺得嗓子有些熱，鬼使神差地向那手指湊了過去。

步惜歡嘶了口氣，茶盞從掌中翻落，啪的一聲打碎在地。

宮侍們豎直了耳朵，只聽窗裡聲息低淺，久而急促，如風過枝梢，時緩時急，讓人心神馳蕩，面熱耳赤。

「愛卿……」皇帝話音嘶啞，似苦楚，似歡愉。「莫急。」

這時，忽聞鐵甲聲從遠出而來，滿園玉樹瓊葩之間忽然掠出數十道人影，快若流星，裂月而下。

人影落在廊下之時，宮人已盡數昏倒。

范通聽見聲響出來，一物咻的一聲破風而來，正中他前胸大穴。

鐵甲侍衛們接替宮人守在廊下，一撥太監宮娥提著宮燈列於青石路旁，一駕鳳輦落在了閣樓前，安鶴笑咪咪地扶著元敏下了輦，上了閣樓。

屋裡一地狼藉，茶盞碎在地上，桌上倒著藥瓶，床帳半掩，榻間昏暗，春情正濃。

元敏望向床帳，目光似寶劍出鞘，鋒芒乍露。

「何人！」榻間喘聲忽低，少年嗓音粗啞含怒，將皇帝玉冠自帳中擲出，啪的砸在元敏腳下！

「放肆！」安鶴冷斥一聲：「太皇太后駕到，都督還不接駕？」

話音落下，楊間便伸出隻手，懶洋洋地攏開半邊床帳，皇帝扶住楊圍看來。

只見帳中錦被凌亂，堂堂帝王竟伏於少年身下，玉背生輝，容顏如畫，眸底情意正濃。

「微臣倒想聽聽，太皇太后想要微臣如何接駕？」少年的聲音不似往常那般冷厲，帶著幾分粗啞。

「朕也想聽聽。」步惜歡笑看元敏，戲謔地問：「老祖宗深夜來此所為何事？」

元敏審視著暮青，目光犀利，說道：「皇帝，你平日裡胡鬧也就罷了，如今胡鬧到臣子府上，成何體統！還不隨哀家回宮？」

步惜歡玩味地一笑。「老祖宗冤枉朕了，沒瞧見是愛卿在朕這兒胡鬧呢？」

元敏斥道：「此事若傳揚出去，你可想過皇家臉面？」

「這不正是老祖宗樂見的？」步惜歡媚眼如絲，笑容嘲諷至極。

元敏定定望著步惜歡，她瞭解皇帝，他心懷乾坤大志，絕非荒唐之人，好男風本是不得已之舉，但他寵幸男妃又屬實情，她只能猜測這些年來，皇帝不能立后納妃綿延子嗣，精力不得不發洩在那些公子身上，且他在宮裡壓抑得久了，性情上終是有些不羈的。因此，今夜皇帝來都督府，也許是得了消息與英睿演戲來誆她，也可能是真在胡鬧。

而英睿……

元敏看向暮青，見那中了媚毒的神態不像是演出來的，但……

「把英睿都督拉開，服侍陛下更衣回宮。」元敏道。

兩個小太監領旨來到榻前，眼見著要掀被子，步惜歡道：「老祖宗執意如此，朕便回宮。不過，懷恩散為何物，想必老祖宗知道，朕這一走，江北水師就得另擇都督了。」

懷恩散乃天下至媚之毒，若不與人歡好，必死無疑。

「英睿乃棟梁之才，哀家自會替他做主。」元敏回頭喚道：「春兒。」

一個宮女顫著跪下，臉色煞白。

元敏道：「妳服侍哀家有些年了，英睿雖出身微寒，卻是朝廷不可多得的英武兒郎，哀家今兒就將妳賜與他為妻。」

春兒臉白如紙，卻只能咬牙謝恩，來到榻前道：「都督。」

少年置若罔聞，掐住皇帝的肩膀怒問：「解藥拿來！我不信沒有！」

皇帝眉宇間盡是春媚之情，笑道：「朕不就是愛卿的解藥？」

這話觸怒了少年臣子，竟不顧帳前有人，猛然一撞！

屋裡頓時一片死寂……

步惜歡埋首枕中，用盡定力才忍住大笑之意。
她可真是個妙人兒！
宮娥太監面紅如血，眼不知該往哪兒放，只見帝王雙肩微顫，眉宇深蹙，似愉悅又似痛楚，幽幽地道：「愛卿，輕點兒……」
此情此景難辨真假，元敏忍無可忍，亦不想多看，不由斥道：「還等什麼！」
春兒和兩個太監忙去拉暮青。
「放肆！」常年笑面對人的皇帝忽然龍顏震怒。「你們真當朕是死的？來人！」
聲音落下，一道黑影縱進窗來，劍光一挑，血光乍生！
一個太監的手臂被挑斷，血潑在元敏裙下。太監慘叫一聲，身子如落葉般砸中屏風，一聲巨響，屏風碎倒，太監掙扎了兩下便沒了聲息。
這是永壽宮裡的人，皇帝竟說殺就殺了。
元敏面前橫著隻血淋淋的斷臂，卻無驚無恐。她望著護在榻前的黑衣人，知道這便是皇帝的隱衛了。
歷代帝王皆有隱衛，唯獨本朝沒有，因為她不許。但皇帝下江南時在江湖中重金招募了一批死士豢養至今，只是從未明著用過，今夜為此事動用了隱衛，他當真如此在意英睿？抑或只是假怒？

安鶴陰惻惻一笑，拂塵一揚，大風忽起，華帳碎成布縷凌空一揚，月影迎著拂塵送劍而入，劍身如雪，貫勢如虹，安鶴兩眼一虛，袖下卻現出一道金光，靈滑如蛇。月影退時已晚，金鞭擦著胸前掃過，內勁激震之下，他撞向窗臺，衣襟裂出一道豁口，噗的吐出口血來！

說時遲那時快，安鶴手執拂塵凌空一繞，眾人皆以為他要殺了皇帝的隱衛，不料他原地一轉，忽然掠至榻前，抬手就捏向了暮青的下頷！

暮青身中媚毒，猝不及防，安鶴捏個正著，使力一掀！

閣樓裡忽然靜了。

安鶴一掀未果，復又再掀——

「夠了嗎？」暮青怒問。

安鶴露出驚色，轉頭看向元敏。

元敏大感意外，怎麼？這臉竟是真的？

「滾！」少年神色陰鬱，目光煞人。

安鶴退至元敏身邊，竊竊低語了一番，元敏目光微動，逐漸淡了下來。

萬般猜測，一瞬歸滅——不管沈家女和她如何懷疑，這張臉終究是真的。

半晌後，元敏道：「哀家已盡管教之責，皇帝既然執意胡鬧，那便好自為之吧，擺駕回宮！」

說罷，她拂袖而去。

暮青道：「若此事明日傳得人盡皆知，有損水師軍威，那微臣會讓太皇太后一起陪著。太皇太后深夜出宮，賜婚賜到了臣子的榻前，管事管到了臣子的被窩裡，天下百姓想必愛聽這等趣聞。」

元敏聞言回頭，目光穿過重重宮侍，射向榻間。半晌後，她瞥了春兒一眼，春兒頓時鬆了口氣，隨鳳駕一同離去了。

腳步聲下了閣樓，鐵甲聲隨之漸遠，沒多久便聽不見了。

「傷勢如何？」步惜歡問月影。

「回主子，調息幾日就好。」月影回了話就翻到窗外，月殺解了范通的穴道，三人分工處理後事。

新帳子一掛上，暮青就呢喃道：「難受。」

「嗯。」步惜歡應了聲，低頭將解藥度入了暮青口中。

解藥含著薄荷香，清涼之氣使人神智一醒，一入腹就撲滅了那團邪火。

步惜歡擁著暮青，憐惜地撫著她，卻聽暮青道：「我後悔了。」

「嗯？」

「早知如此，就不拿解藥了。」

「……為夫真愛娘子的直白。」步惜歡失笑，心中的悵然只有自己知道。
「你說，元敏信了嗎？」暮青問。
今夜甚險，幸虧步惜歡事先有所安排，若非月影和假安鶴的那一場打戲，今夜還真不好收場。
但元敏終究沒親眼見她驗明正身，她真會深信不疑嗎？
步惜歡道：「暫時。」
暮青也覺得是暫時的，元敏只是因為相信安鶴，所以暫時被蒙蔽了而已。
「禍兮福之所倚，如今宮裡已知妳我之事，日後為夫再來就不必避著人，亦無需半夜離開了。」步惜歡舒心地嘆了聲。
暮青翻了個白眼。
「娘子，陪為夫說說話，可好？」步惜歡的嗓音依舊有些啞，他需要轉移注意力，不然滿心都是她，著實煎熬。
「你想聽什麼？」
「說說娘子的故事可好？」
「我的故事裡都是屍體，還是說說你的吧。」
步惜歡沒為難暮青，就這麼說起了兒時的事。暮青安靜地聽著那些久遠的故事，彷彿能看到當年的宮燈串串，歌舞笙笙，女子談笑，孩童嬉鬧……聽著聽著，睏意襲來，不知何時睡了過去。

步惜歡將胳膊輕輕移開，為暮青蓋好錦被，隨後下了榻，立在窗前賞了會兒夜色，待慾念平息後才又上榻歇下。

五更時分，步惜歡醒來，暮青未醒。他怕吵著她，走時沒有唱報，就這麼下了閣樓，出了後園，帶著御林衛回宮去了。

一品仵作 陸
MY FIRST CLASS CORONER

作　　者／鳳今
發 行 人／黃鎮隆
總 經 理／陳君平
經　　理／洪琇菁
總 編 輯／呂尚燁
執行編輯／陳昭燕
美術監製／沙雲佩
美術編輯／方品舒
國際版權／黃令歡、梁名儀
企劃宣傳／邱小祐、劉宜蓉、洪國瑋
文字校對／施亞蒨
內文排版／謝青秀

國家圖書館出版品預行編目資料

一品仵作（陸）/ 鳳今作. -- 初版. -- 臺北市：
尖端, 2021. 06-
冊；　公分
ISBN 978-626-301-006-2（第 6 冊：平裝）

857.7　　110004650

出版／城邦文化事業股份有限公司　尖端出版
台北市 104 中山區民生東路二段 141 號 10 樓
電話：（02）2500-7600　傳真：（02）2500-2683
讀者服務信箱：7novels@mail2.spp.com.tw
發行／英屬蓋曼群島商家庭傳媒股份有限公司城邦分公司　尖端出版
台北市 104 中山區民生東路二段 141 號 10 樓
電話：（02）2500-7600　傳真：（02）2500-1979
劃撥專線：（03）312-4212
戶名：英屬蓋曼群島商家庭傳媒（股）公司城邦分公司
劃撥帳號：50003021
※ 劃撥金額未滿 500 元，請加付掛號郵資 50 元
法律顧問／王子文律師　元禾法律事務所　台北市羅斯福路三段三十七號十五樓

台灣地區總經銷／中彰投以北（含宜花東）　楨彥有限公司
電話：（02）8919-3369　　傳真：（02）8914-5524
雲嘉以南　威信圖書有限公司
（嘉義公司）電話：0800-028-028　　傳真：（05）233-3863
（高雄公司）電話：0800-028-028　　傳真：（07）373-0087
馬新地區總經銷／城邦（馬新）出版集團 Cite（M）Sdn Bhd
電話：603-9057-8822　　傳真：603-9057-6622
E-mail：cite@cite.com.my
香港地區總經銷／城邦（香港）出版集團 Cite（H.K.）Publishing Group Limited
電話：852-2508-6231　　傳真：852-2578-9337
E-mail：hkcite@biznetvigator.com

版　次／2021 年 6 月 1 版 1 刷　Printed in Taiwan